黄昏海的故事

安房直子经典童话

［日］安房直子 著

彭懿 译

少年儿童出版社

果麦文化 出品

目 录

黄昏海的故事 / 001

声音的森林 / 015

萤火虫 / 025

小小的金针 / 033

夫人的耳环 / 047

冬姑娘 / 057

黄昏的向日葵 / 069

西风广播电台 / 079

有天窗的屋子 / 093

谁也看不见的阳台 / 105

红色的鱼 / 115

来自大海的电话 / 125

夏天的梦 / 137

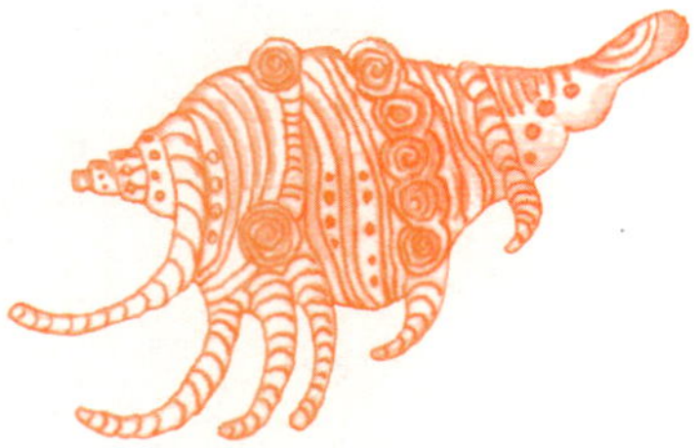

黄昏海的故事

是的,
不知为什么,
她就是觉得这料子里头
确实潜藏着这样的一股魔力。

海边的小村子里，有一个针线活儿非常好的姑娘。

她名字叫小枝，但是谁也不知道姑娘姓什么。哪里出生的、几岁了，更是没有一个人知道。

许多年前的一个夏天的黄昏，海面上洒满了夕阳的金粉，像金色的鱼鳞一样，密密麻麻地涌了过来。就是在那个时候，这姑娘来到了村里的裁缝奶奶的家里。

"那时的情景，我忘不了啊！没有一丝风，后院的栅栏门却啪嗒啪嗒地响了起来。我停下针线活儿，咦，好像是谁来了，是隔壁的阿婆送鱼来了吧？我这样想着，就站起来走了过去。可没想到，栅栏门那里站着一个从没见过的小姑娘，正瞅着我哪！背后是大海，夕阳映在后背上，看不清脸。穿着黄色的夏天穿的和服，系着黄色的带子。你是谁啊？听我这么一问，姑娘用沙哑的声音回答说'小枝'，然后，就一句话也不说了。唉，到底是什么地方的姑娘呢？我也半天不作声了。于是，姑娘小声地央求我说：'在追我哪，把我藏起来吧！'见我呆住了，姑娘又央求我说：'我帮您做针线活儿，让我留一阵子吧！'听了这话，我有点高兴了。不管怎么说，我从冬天就开始神经痛、手腕痛，贴着膏药干到现在了。'那么你就进来吧。浴衣刚缝了一个开头，你就接着缝缝看吧。'我说完，就让姑娘坐到了屋子里的针线盒的边上。姑娘礼貌地进到铺着席子的房间，穿针引线，开始缝起刚缝了一个开头的袖子来了。那手势，非常熟练，一眨眼的工夫一个袖子就缝好了，和前后身正好相配！连我也服了。既然是这样的话，就留在这里干活儿吧！我当时想。"

喏，就这样，名叫小枝的姑娘，便在裁缝奶奶家里一边帮忙，一边住下了。

小枝很能干。那小小的手指，不管是丝绸的盛装，还是和服的礼服和带子，都缝得非常漂亮，就好像是用糨糊贴上去的一样，所以村里的人不断地来求她。不，连邻村、离开老远的小镇的人都来订货了，不过一年的工夫，裁缝奶奶就挣了很多钱。

于是，奶奶为小枝买了大衣橱、漂亮的梳妆台。"你呀，早晚也是要出嫁的啊！"可小枝听了这话，脸都白了，吓得说不出话来了。

那有着七个抽屉的漂亮的衣橱，小枝的手连摸都不摸一下。那镶嵌着贝壳的美丽的镜子，小枝连自己的脸照都不照一下。也就在这个时候，裁缝奶奶想，这姑娘恐怕有一个怕人的秘密吧？

不过，几天之后的一天深夜，裁缝奶奶听到小枝一边开夜车干活儿，一边唱起了这样的歌：

"虽然住在海里的海龟说，
嫁给我吧，
可我害怕得不敢去。
虽然住在海里的海龟温柔地说，
你逃呀，逃呀，我也要追上你，
可我害怕得不敢去。"

小枝用细细的笛子一样的声音唱着。裁缝奶奶正在隔壁的房间里干针线活儿，针从她的手里掉了下来。

（吓死我了……吓死我了……小枝被海龟给缠住了。）

裁缝奶奶太吃惊了，连气都喘不过来了。

村里人谁都知道这样一个传说，说是这一带的海底，住着一头巨大的海龟，要娶人间的姑娘为妻。裁缝奶奶跌跌撞撞地冲进小枝的房间，突然摇晃起小枝的肩头，问：

"你、你真的见到过海龟？而且答应要嫁给它了？"

小枝微微地点了点头。

"什么时候？在什么地方……"

"两年前的一个月夜，在远远的海边上。"

姑娘清楚地答道。

"可怎么会答应了它呢？"

于是，小枝吞吞吐吐地说出了这样一个故事：

"刚巧那时候，我喜欢的人生病了，不管吃什么药、看什么医生、怎么念咒语，也治不好，只剩下等死了。我听说只有一个获救的方法，就是把一片活海龟的龟壳磨成粉，化在水里喝了……说这话的，是村子里最老的一个潜水采鲍鱼、采海藻的渔女老婆子，这个老婆子的话特别灵验。于是，我就每天去海边，等着海龟的到来。就这样，是第几天了呢？一个夏天的黄昏，海上风平浪静，当连一个浪也不再涌起的时候，一头大海龟慢吞吞地爬了上来。我朝海龟的身边跑去，'请把你的龟壳给我一片吧！'听我这样求它，海龟直瞪瞪地瞅着我的脸，然后用低沉的声音说：'那你就拿一片去吧！'我向趴着的海龟背上伸出手去，简直叫人不敢相信了，一片六角形的龟壳轻轻地脱了下来。

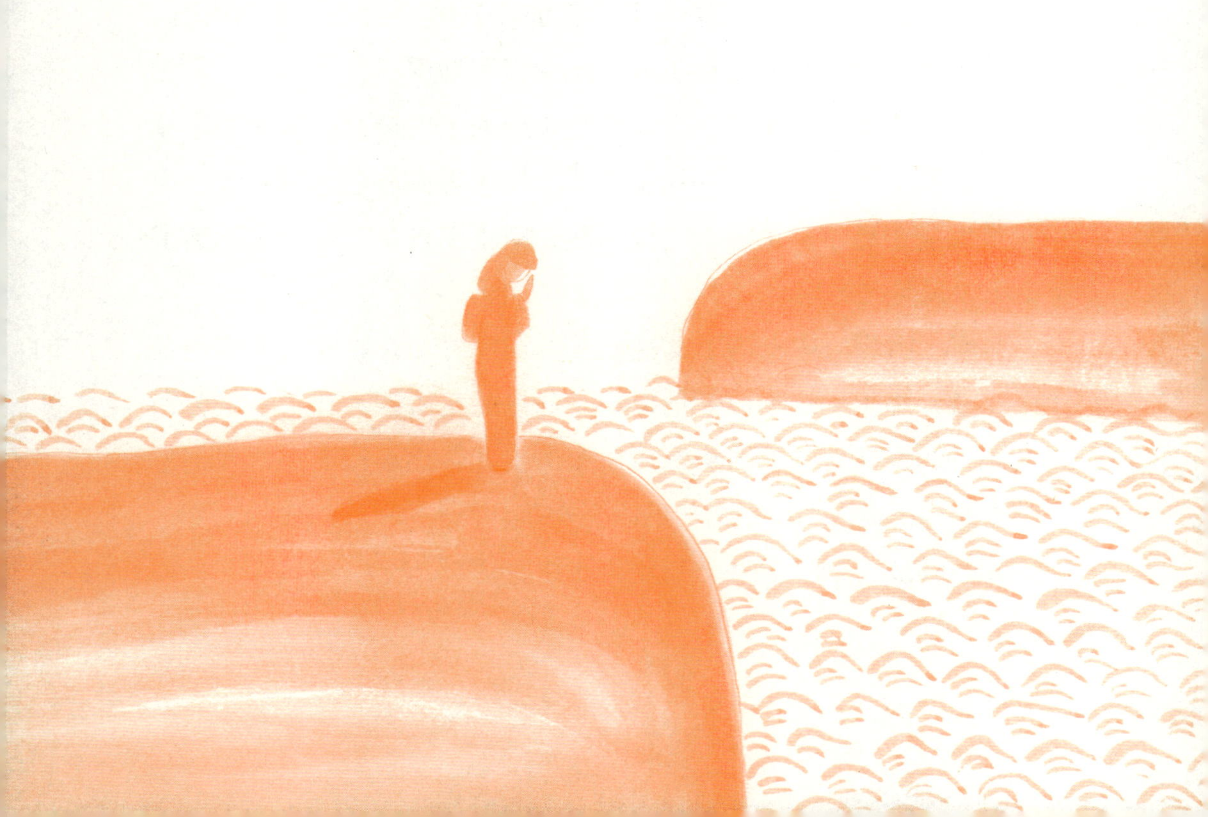

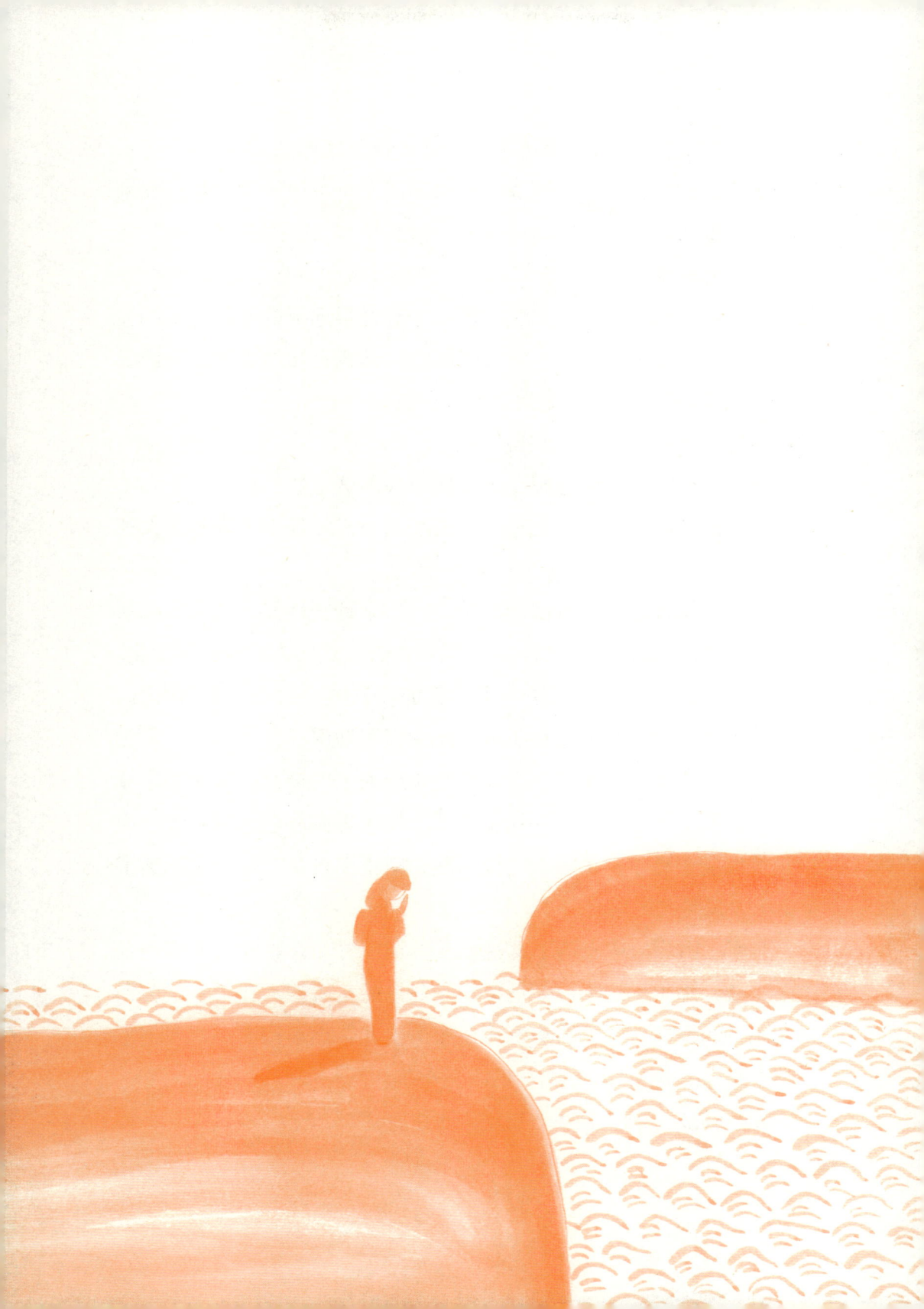

"我攥住它，就急着要逃走，可是却被海龟叫住了：'等一下！我给了你一片那么珍贵的龟壳，你也不能不听我说一句话呀！你来当我的新娘子吧！'我一边哆嗦，一边点了点头。那时候，我只是想快点从海龟身边离开。至于答应了海龟，我想日后总是有办法的。等我喜欢的人喝了它，恢复了健康，一起逃得远远的不就行了吗？我那样想。于是，就敷衍着答应了海龟，朝我喜欢的人的家里跑去了。他的名字叫正太郎，是海边的一个渔夫……"

小枝接下来的故事是这样的：

那天，夕阳明晃晃地照在正太郎家那破破烂烂的栅栏门上。小枝嘭嘭地敲了敲门，亲手把龟壳交给了老半天才伸出头来的正太郎的母亲。

然后小枝就跑回到自己的家里，一边干针线活儿、洗衣服、帮父亲补渔网，一边屏住呼吸，悄悄地打探着喜欢的人的身体的变化。因为村子小，一个人的病情一下子就能传遍整个村子。从那时起，正好到了第七天，小枝听到了渔夫正太郎不知喝了什么魔药，突然就精神得叫人认不出来了，今天已经坐起来了的消息。这时，小枝一边干针线活儿，脸蛋上一边染上了一层玫瑰的颜色。第八天，说是正太郎能走路了；第九天，说是能在家里干点手工活儿了；到了第十天，说是已经能出门了。

然而，因为心中充满了喜悦而发抖、等着和喜欢的人见面的日子的小枝，第十天过晌看到的，却是病愈的正太郎，和村里旅店家的女儿一起走在海边的身影。旅店家的女儿，比小枝大一两岁，是个海边的村子里少见的、白白的漂亮女孩。

"说是很久以前，两个人就定下了终身。"

小枝对裁缝奶奶说了一句。

"正太郎也好,正太郎的妈妈也好,早就把龟壳的事忘得一干二净了。马上就要举行盛大的婚礼了,光顾着高兴了。说是很久以前,旅店家的女儿和正太郎就定下终身了。而我,也答应了海龟……"

小枝恐惧地听到了大海的声音。

打那以后,一到黄昏,大海龟必定会来到小枝家的窗子底下。

"不要忘记你答应我了啊!"

海龟低声嘟哝道。

每当这个时候,小枝就蹲在家里,一动不动地连大气也不敢出。不过很快,她就找到了一个借口。当海龟来的时候,小枝唱起了这样的歌:

"嫁妆还不够,

和服和被褥还不够,

锅和碗还不够。"

可是从第二天开始,海龟就嘴里叼着金珍珠、珊瑚饰品,扔到了小枝家的窗子底下。这些东西,对于贫穷的小枝家人来说,都是渴望到手的宝物。不论是哪一件,都美丽得让人吃惊,如果卖了的话,足够一个姑娘的嫁妆了。

小枝是一个孝顺父母的姑娘。所以,她把从海龟那里得到的东西,全都交给了父母,自己逃走了。小枝轮换着睡在同一个村子的亲戚家里、熟人家里、好朋友的家里,可毕竟是沿着大海、一座房子挨着一座房子的村子,再怎么逃,海龟也会追上来。

"不要忘记你答应我了啊！"

海龟一边在那些人家的窗子底下这样说着，一边又把拴着大粒宝石的项链、像大海的浪花一样蓝的戒指放了下来。

正太郎婚礼的前一天晚上，小枝终于决定偷偷溜出村去。

小枝只穿了一身衣服，谁也没告诉，就出了村子，在黑夜的海边跑了起来。太阳升起来了，中午过了，她还在不停地跑着。一直跑到黄昏，好不容易摸到了裁缝奶奶的家。她推开贴着一张"裁缝"的纸的栅栏门，闯进了这个家。

"啊，是这么一回事啊……"

裁缝奶奶听完了小枝的故事，浑身哆嗦起来，不知为什么，她觉得海龟好像就藏在这里似的。不过，当她记起小枝已经来了一年多时，松了一口气。

"不要紧了。你来了一年了，什么事也没有发生。海龟一定已经死心了。"

可是，这一年的秋天。

也是大海闪耀着金光的时刻，裁缝奶奶家屋后的栅栏门，啪嗒啪嗒地响了起来。是谁来做衣服的吧？裁缝奶奶一边想着，一边摇摇晃晃地站了起来，无意中朝屋外望了一眼，不由得大吃一惊。

大开着的栅栏门那里，海龟——足有半张榻榻米大的大海龟，慢吞吞地匍匐在地上，背上驮着一个大包袱。奶奶吓坏了，差一点没瘫坐到地上。

海龟把背上驮着的包袱，"扑通"一声灵巧地卸到了地上，低声说：

"赶快给我缝和服。给我做婚礼用的长袖和服、长罩袍和带子。做好了,我就来接小枝。"

"那、那怎么行!"

奶奶好不容易才挤出来这么一句,可这时候,海龟的身影已经消失了。奶奶光着脚,奔到栅栏门那里,用颤抖的手,解开了海龟放在那里的包袱。想不到,里面装的是她这辈子也没有见过的漂亮的和服料子和带子料。奶奶把它们轻轻地展开了。

点缀着像花一样的淡桃色樱蛤的和服料子。蓝色的波涛上,飞翔着成群白鸟的和服料子。画着红珊瑚、摇晃的绿色海草的和服料子。还有晃眼的金银带子料……

究竟是谁来穿这么美丽,又这么珍贵的衣裳呢?奶奶马上就明白了。

(海龟终于来了!把小枝的新娘子礼服拿来了!)

奶奶在心里轻声地嘀咕道。可这时,心里已经不知怎么回事激动起来了。奶奶想,这可要小心了!

这么美丽的布,一旦做成了和服,一般的女孩就会想要这和服,说不定就会变得不管对方是海龟还是鱼,想去当新娘子了。是的,不知为什么,她就是觉得这料子里头确实潜藏着这样的一股魔力。

(有了,把这样的布切成碎片就行了!)

这个时候,奶奶的脑海里,蓦地浮现出了过去记住的驱魔的魔法。

还是个姑娘的时候,学裁缝时听到过这样的说法:

说是一旦人被魔物、鬼、恶灵缠住了,把他们最宝贵的和服料子撕成碎片,尽可能多地做成针插,就行了。一个针插上插上一根

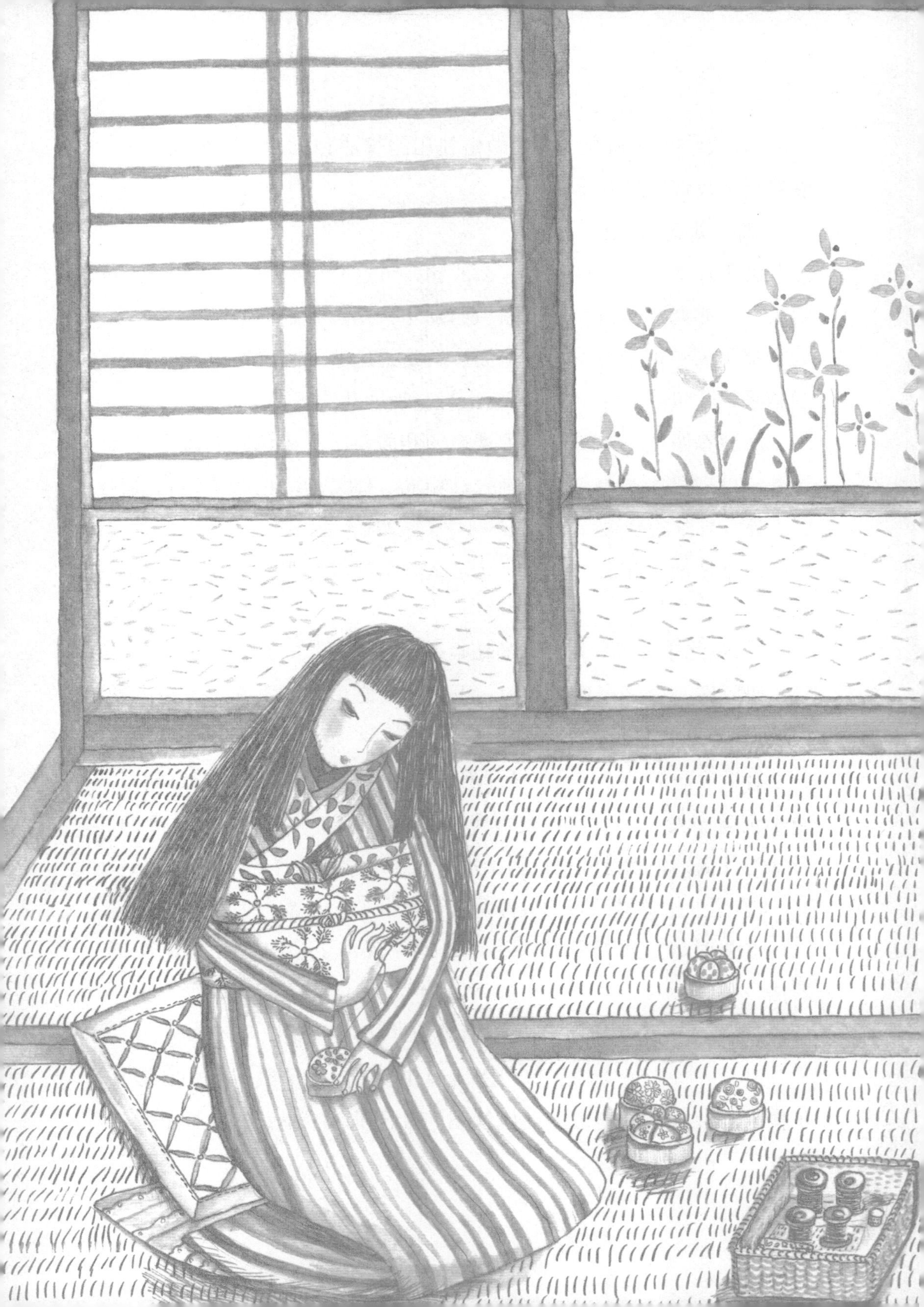

新的针,让海水冲走就行了。

奶奶用双手抱着和服料子,冲进了小枝的房间,突然叫道:

"小枝,针插的订货来了哟!说是把这和服料子全部都用了,能做多少针插,做多少针插。"

小枝看着放在榻榻米上、沐浴着夕阳的和服料子,叹了一口气:

"这么美丽的和服料子,竟要全做成针插……是谁要……"

然而,裁缝奶奶一言不发,猛地剪起和服料子来了。

眼瞅着,每一块和服料子都被剪成了小小的方块,散了一地。奶奶把针穿上线,一边把两片方布拼缝到一起,一边像生气了似的对小枝说:

"你快帮帮我呀!就这样缝到一起,当中装上米糠。"

裁缝奶奶往缝好的方口袋子里,装上米糠,缝上了口子。

"好了,快点缝吧!这种活儿,尽可能快一点!"

小枝发了一会儿呆,点点头,自己也开始帮忙干起来了。就这样,一个个新的针插做好了。

樱蛤飘落的针插;

白鸟飞翔的针插;

红珊瑚颜色的针插;

像阳光一样金色的针插。

只不过两三天的工夫,就做好了一两百个五颜六色的美丽的针插。

裁缝奶奶在每一个针插上,都插上了一根针,用一个大包袱皮包起来,拿到了海边。

裁缝奶奶把包袱里的那一大堆针插,从高高的悬崖上,用力抛进了大海。

无数的针插就像花的暴风雪一样，在海上散开了，不久，就被白色的浪涛吞没了。

这不过是一瞬间的事情。

不知是不是这魔法起了作用，反正海龟再也没到小枝的地方来过。

可是从那以后，小枝就开始听到海龟的叹气声了。半夜里，当海浪哗哗地涌上来的时候，夹杂着这样的声音：

"不要忘记你答应我了啊！
不要忘记你答应我了啊！"

她真真切切地听到了海龟的叫声。那声音传到耳朵里，小枝睡不着了。

"我背叛了海龟……"

这种想法，永远地留在了小枝的心底。

从那以后，小枝再不穿美丽的和服了。而且谁也不嫁，成了一个在裁缝奶奶家里，总是低着头，为别人缝盛装、缝新娘子礼服的姑娘。

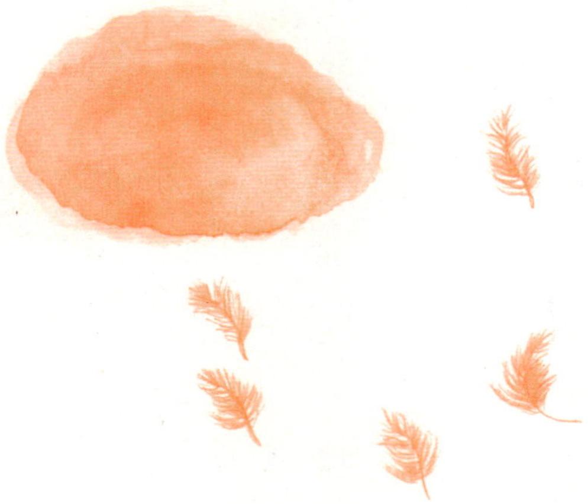

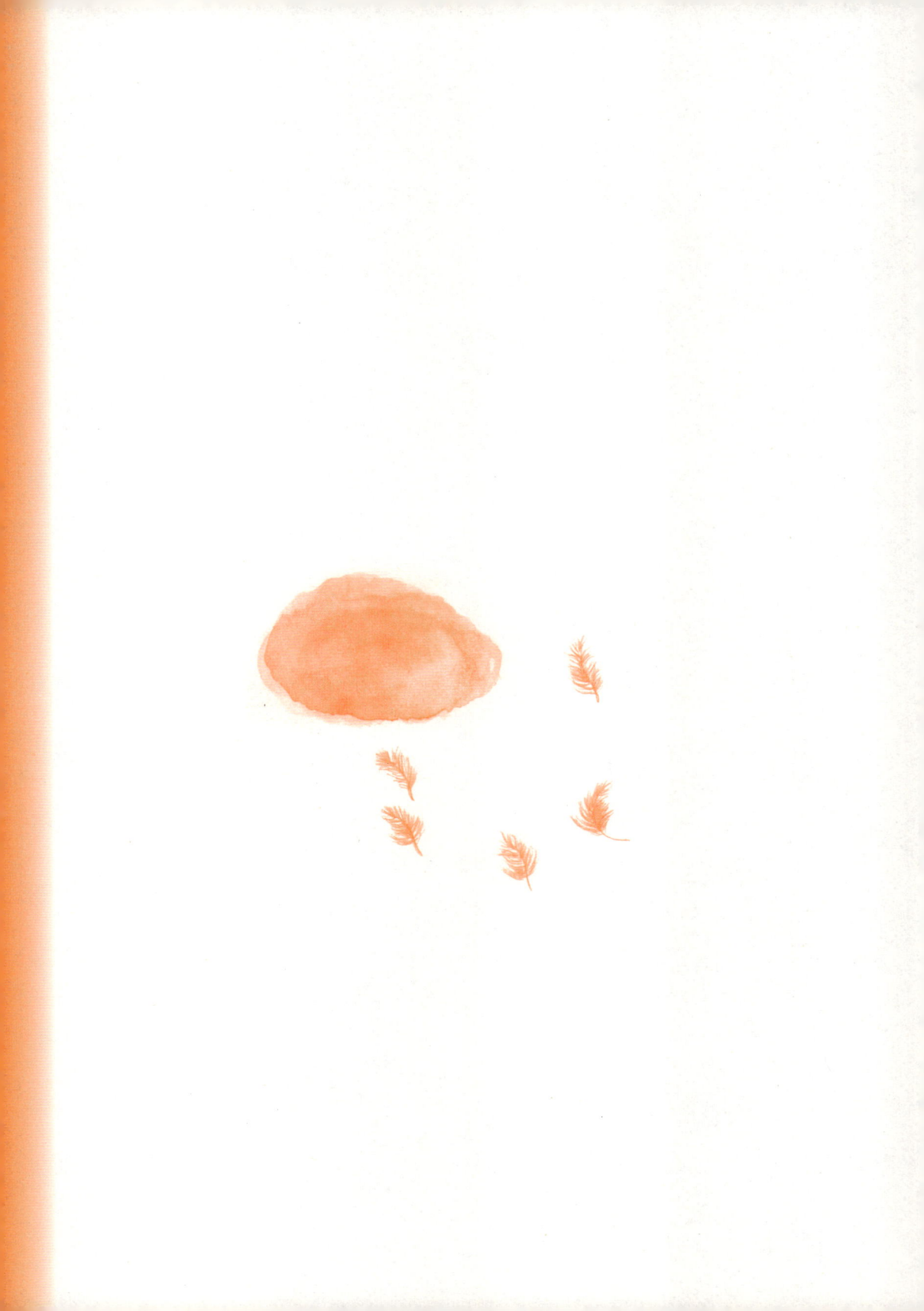

声音的森林

机灵的阿蕾一下就明白过来了:
那是谁在学舌!
妈妈老早就说过了,
黑森林里头全是妖魔鬼怪!
我绝对不能发出声音……

所谓的"声音的森林",是一片魔幻般的森林。

那里没有一个动物,只有一片遮天蔽日的老槲树。槲树全都是"模仿他人的树"。

举个例子来说,就像这样——

一只布谷鸟误入了这片森林。布谷鸟被它的阴森、寂静吓坏了,不由得"谷、谷——"地小声叫了起来。

于是,立即飒飒地刮起了一阵风,森林里的槲树的叶子模仿起布谷鸟来了。

谷、谷——谷、谷——谷、谷——谷、谷——谷……

整片森林仿佛都变成了布谷鸟的巢似的,一片片树叶一边抖动着,一边不停地唱着。布谷鸟吃了一惊,好半天连大气也不敢出,然后才又试着叫了一声:"谷谷谷。"随即槲树的叶子就又一边抖动,一边学起舌来。

谷、谷、谷、谷谷谷谷……

那声音变成了让人毛骨悚然的不出声的笑声,向森林的深处传去,不久,就与遥远的风声一起消失了。布谷鸟猛地战栗了一下,最后放声大叫起来:

"谷、谷——"

于是,马上就涌起了声音的旋涡,布谷鸟被卷到了恐怖的深渊!布谷鸟蓦地一下子蹿了起来,在森林中狂乱地兜着圈子,最后

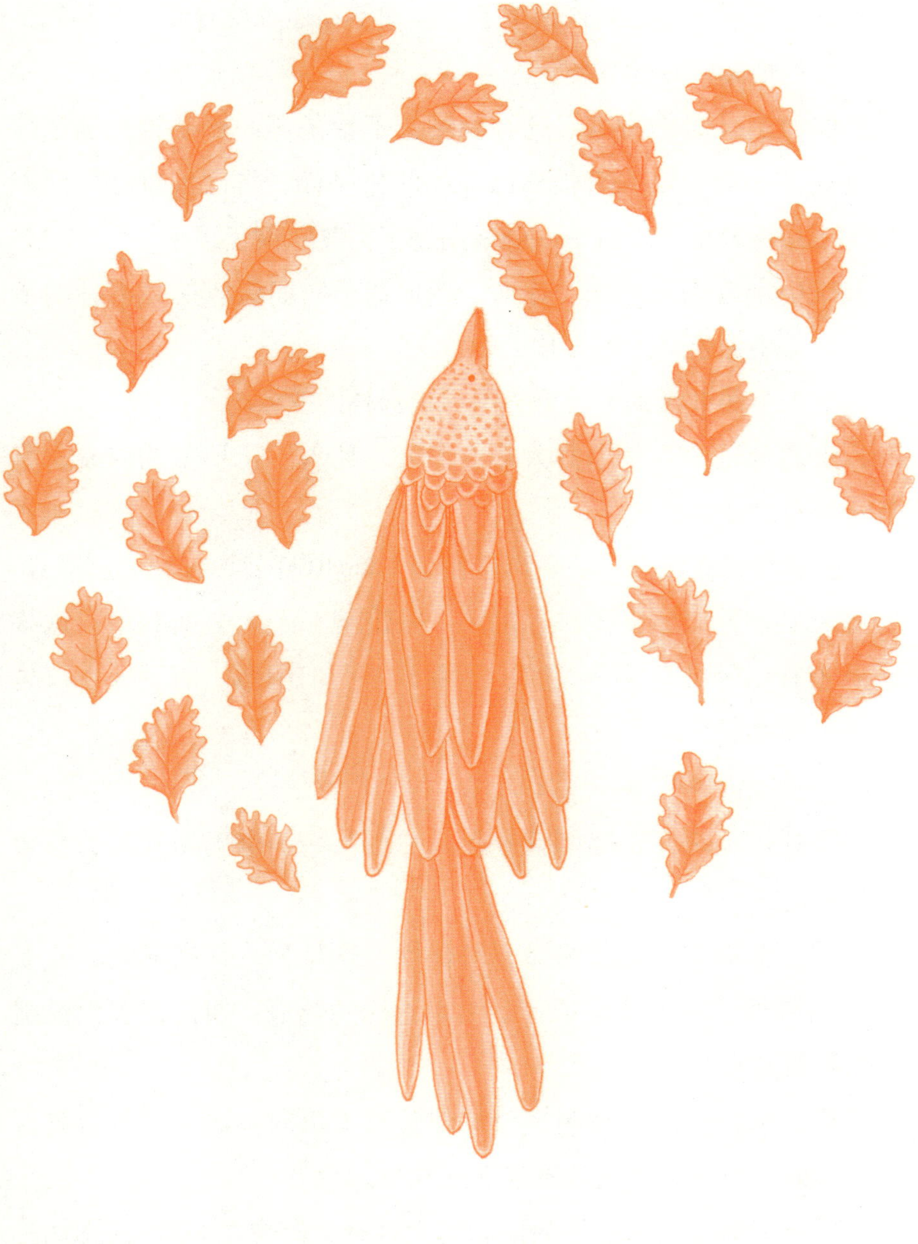

累得精疲力竭，一头栽到了地面上。

森林一下子又变得鸦雀无声了，一动不动地等待着下一个猎物。

一片可怕的声音的森林。

不知有多少动物误入了这片森林。不论是哪一种动物，都像被囚禁在镜子房间里的人害怕自己那些映象一样，自己被自己的回声吓怕了，在森林里抱头鼠窜，结果用完了力气，倒了下来。

有时也会有人闯进来。比如，像追捕猎物而误入这片森林的猎人啦、在雾中走错路的樵夫什么的。

这些人全都被吸到了树里头，成了森林的养分。

话说离开这片森林不算太远的地方，住着一户垦荒的农家，家里有一个小女孩。

女孩长得像花蕾一样，所以，村里人都叫她阿蕾。

每天早上，父母下田耕地之后，阿蕾就一个人去喂鸡了。这孩子戴着麦秆已经绽开了的草帽，系着母亲的旧围裙。双手插在口袋里，阿蕾呼唤起鸡来了：

"咕——咕、咕、咕、咕。"

一听到这个声音，鸡们就全都"呼啦"一下聚集到女孩的身边来吃食了。

可是，里头有一只公鸡却非常任性。这只公鸡又高又大，一双眼睛炯炯有神，加上又长了一个美丽无比的鸡冠，所以，多少没把小小的阿蕾放在眼里。

这天，不管阿蕾怎么叫，公鸡就是把头扭向一边。红色的鸡冠竖得直直的，目不转睛地盯着远处的森林。

那黑沉沉的、在风中沙沙摇动的大森林，好像在叫着自己似的。

对于公鸡来说，那远比阿蕾可爱的呼唤声、一点点鸡食要有魅力多了！它觉得在那起伏的林涛中，就好像藏着梦幻与冒险似的。

公鸡猛地倒竖起一身白毛，突然发出了"喔"的一声尖叫。接着，就飞上了天空。它飞得又低又快，就如同一个白色的球。

"哇啊啊！"

阿蕾惊呆了。

我们家的公鸡逃走啦！飞上天逃走啦！

阿蕾张开双臂，追了上去。

公鸡那白色的羽毛散落下来，它仿佛疯了一样，向着声音的森林的方向一直飞去。阿蕾在后面紧紧追去。

"等一等——等一等——"

女孩的帽子被吹飞了，大围裙在风中呼呼作响。

就这样，不一会儿的工夫，公鸡和阿蕾就钻进了那片声音的森林。

声音的森林里阴森森的。既听不见小鸟的声音，也听不见小溪的声音。

然而，随着公鸡"喔、喔——"的叫声，所有的树叶都好像等不及了似的，发出了一个相同的声音：

喔、喔——喔、喔——喔、喔——喔、喔——喔……

听到这声音，公鸡别提有多兴奋了，它甩着尾巴，朝着森林的深处、更深处跑去了。但这时，机灵的阿蕾一下就明白过来了：

（那是谁在学舌！妈妈老早就说过了，黑森林里头全是妖魔鬼怪！我绝对不能发出声音……）

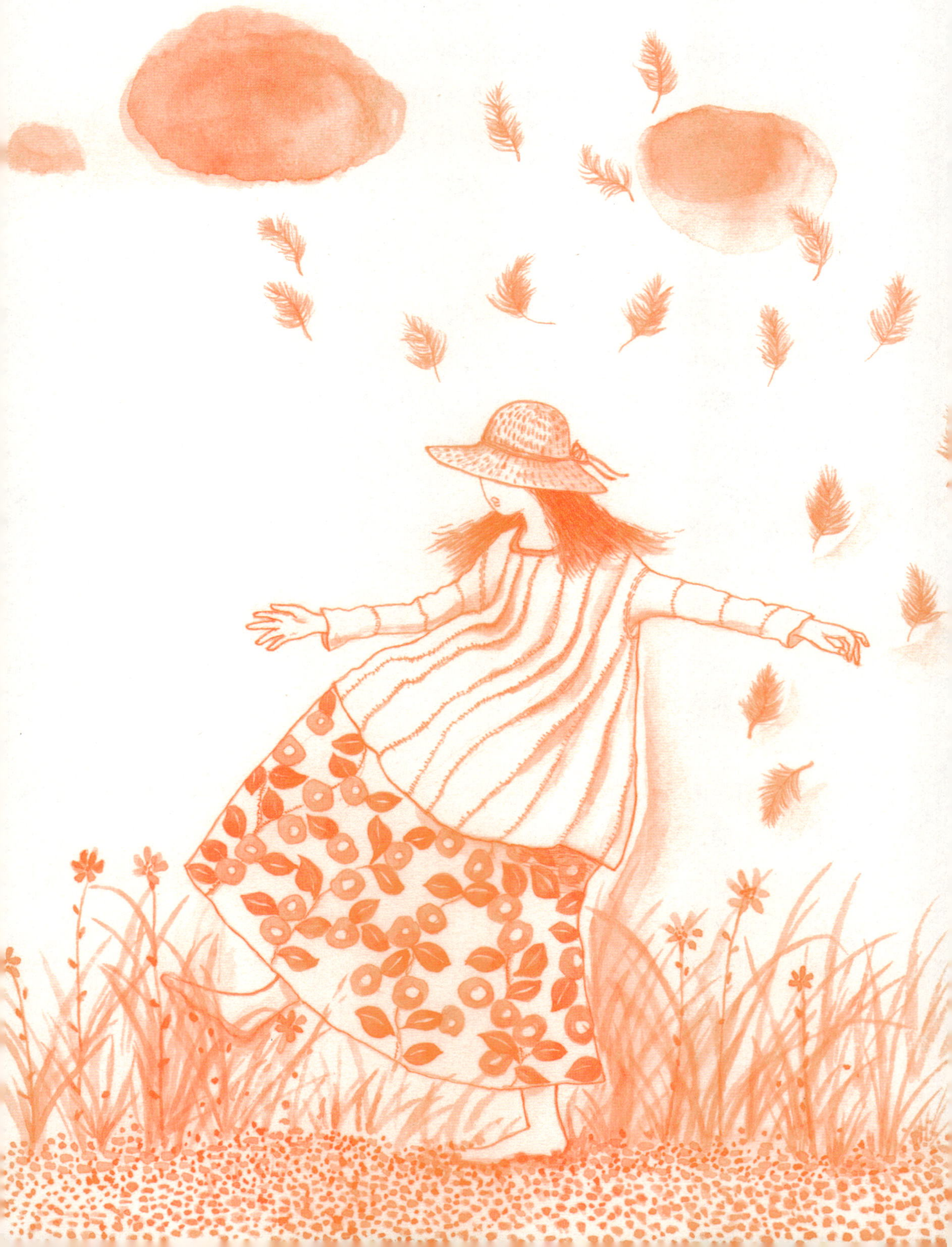

于是，阿蕾紧紧地闭上了嘴，只是啪嗒啪嗒地跟在鸡的后面追去。公鸡叫一声，森林就会一边抖动，一边学一声。如果闭上眼睛，那就让人感觉树上都落满了鸡似的。那一刻，阿蕾用双手捂住了耳朵。

喔、喔——喔、喔——喔、喔——喔……

很快，天就黑了。

在昏暗的森林的小路上，阿蕾终于追上了一头栽倒的鸡。公鸡叫累了，跑累了，翻白眼了。

（总算是抓住你了！）

阿蕾蹲下身，抱住了公鸡。公鸡又甩动着鸡冠要逃走，于是，阿蕾就一边抚摩着公鸡的背，一边轻声唱了起来："睡吧睡吧，小鸡……"那是阿蕾的妈妈编的鸡的摇篮曲。到了晚上，只要阿蕾在小房子前头一唱起这首歌，吵吵闹闹的鸡们简直就像是中了魔法似的，一下就静静地睡着了。

"睡吧睡吧，小鸡，
太阳落到森林里了，
南瓜花也睡着了，
锹和铲子在小棚子里，
井里的吊桶做梦了，
睡吧睡吧，小鸡。"

为了不让森林听到，阿蕾把嘴贴到了公鸡的头上，用极轻、极轻的声音唱着。

可是，这是一片耳朵非常尖的声音的森林。

一棵棵槲树立刻就沙沙地抖动起来，开始学着唱起了阿蕾的歌：

"睡吧睡吧，小鸡，

太阳落到森林里了，

南瓜花也睡着了……"

不过，因为这首歌的曲子非常好听，不知不觉中，森林的歌声就变成了悠扬悦耳的轮唱。

而且槲树们模仿着阿蕾，唱着唱着，就变得心情舒畅起来，就困得不行了。于是，树叶的轮唱就一点一点地慢了下来，不久，就变成了这个样子：

"锹——和铲子在……小棚子里……

井里的吊桶……吊桶……

吊桶……做梦了……

睡吧睡吧……睡吧睡吧……"

（咦？）

阿蕾竖起了耳朵。

森林的歌声一点一点地变小了，变得断断续续了，没多久就一下子消失了。那之后，不管阿蕾发出多么大的声音，连一丝声音也没有了。

阿蕾抱起公鸡站了起来，然后，在黑暗的森林里竭尽全力喊了起来：

"妈妈——"

于是，怎么样了呢？月光从树叶的缝隙里，一闪一闪地泻了下来。槲树的叶子立刻放射出了银色的光。然后，它们一边睡，一边轻柔地摇了起来。

还是头一回有月光这样明晃晃地射进声音的森林。月光照亮了阿蕾回家的小路。

是一条弯弯曲曲的、长长的小路。

天快亮的时候，阿蕾抱着公鸡，回到了家里。妈妈已经准备好了热牛奶，等在家里了。

进到声音的森林里，又活着回来的，这个女孩和公鸡是头一回。

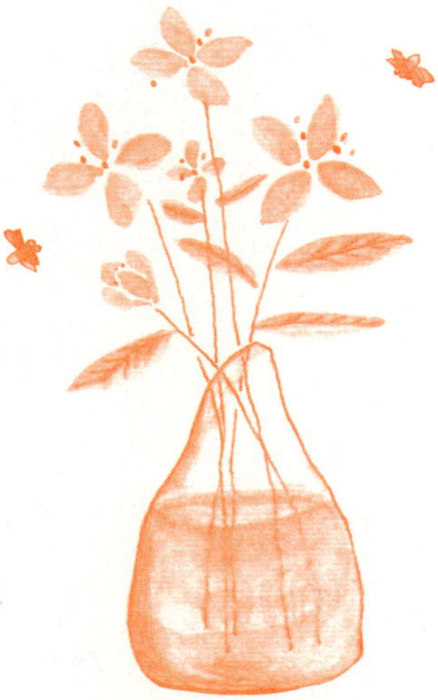

萤火虫

萤火虫的光化开了,变大了,每一个里头都浮现出了茅子的身姿。有笑着的茅子,有唱歌的茅子,有睡着的茅子,有生气的茅子,还有哭鼻子的茅子……

这会儿，正是车站掌灯时分。

山里车站的灯光，是熟透了的柿子的颜色，稍稍离开一点距离眺望过去，便会让人突然怀念得想哭。车站上，长长的货车像睡着了似的，就那么停在那里，已经有一个小时没动了。

从刚才开始，一郎就倚在沿着铁道线的黑乎乎的栅栏上，看着那列货车。那关得紧紧的黑乎乎的箱子里，究竟装的是什么呢？也许说不定，里头装的是意想不到的晃眼的好东西……喏，就像那时的箱子似的……

一郎想起了上次村里演艺会上看到过的变魔术的箱子。变魔术的箱子，一开始是空的，但再打开的时候，飞雪似的落花却飞舞起来，还撒落到了观众席上。

"不得了，哥哥，是魔法啊！"

那时，妹妹茅子抓住一郎的胳膊，发出了尖叫。

"哼，什么魔法呀，里头有机关哪！"

一郎像大人似的扭过脸去。可茅子已经对魔术着迷了。

"我要那样的箱子！"

睁着一双出神的大眼睛，茅子嘟哝道。

昨天，茅子流露出和那时一样的眼神，去东京了。穿上崭新的白衣服，坐着黄昏的上行列车去东京的婶婶家了。茅子过继给婶婶家了。

"哥哥，再见！"

茅子在检票口那里轻轻地挥着小手。看上去她就像到邻镇去玩的时候一样蹦蹦跳跳，但那句再见里，却带着一种寂寞的余音。

"茅子，好好地生活……"

妈妈正了正茅子的帽子。村子里的人都在亲切地和茅子话别，但一郎却呆呆地伫立在那里，看着扎在妹妹白衣服后面的大丝带。

扎成蝴蝶结的白色丝带，渐渐地远去了，被吸到了客车里。然后，列车咣当晃了一下，滑行似的离开了车站……

这会儿，一郎就倚在铁道线黑乎乎的栅栏上，目送着长长的一列货车，像昨天的客车一样，慢慢地离开了车站。

到了这会儿，一郎想哭了。睡了一个晚上爬起来，直到黄昏降临，一郎这才知道唯一的妹妹，已经真的去了远方，再也回不来了。

往常，这个时候一郎总是和茅子两个人一起，等着妈妈的归来。五岁的茅子，肚子总是饿得直哭。一哭起来，连一直抱着的偶人、布娃娃都扔掉了。一天天就这么守着妹妹，真叫人受不了，一郎想过多少次了呢……然而，没有了茅子的黄昏，就更叫人受不了了。黄昏一个人就这么抱着膝盖，呆呆地坐在洞穴一样的屋子里，也太可怕、太寂寞了……啊啊，这会儿，茅子正在让人眼花缭乱的城里吃着好吃的东西，玩着漂亮的玩具吧？

蓦地，胸中涌起了一股莫名的悲伤，一郎泪眼汪汪了。

当长长的货车终于离开了车站之后，那边一个人也没有的站台上，落日的余晖缓缓地移动着。种在站台上的美人蕉的花，还闪耀着微弱的光。

这时，一郎在站台中央，看见了一个奇怪的东西。

是行李。

是谁忘在那里的一个大得惊人的白皮箱。它一定很昂贵吧，紧锁着的银色的锁具，像星星一般闪闪发光。

"是谁的行李呢？"

一郎轻轻地嘀咕了一声。能够搬得动这么大一个皮箱子的人，一定是一个膀大腰圆的男人！可是，站台上根本就没有那样一个人的影子。就好像从方才的那列货车上，被随手卸了下来似的，皮箱就那么漫不经心地躺在那里。

一郎眨巴着眼睛。

就在这时，他看到了一个直到方才为止都没有进入眼帘、意想不到的东西。

皮箱上，端坐着一个身穿白衣服的小女孩。就像停在一株大树上的小鸟，又像是一个花骨朵儿。

女孩晃动着两条腿，看上去像是在等谁。

突然，一郎觉得好像是见到了茅子。这样说起来，那个女孩的头发，什么地方是有点像茅子。那两条腿晃动的样子，那一穿上外出穿的衣服就装得一本正经的样子，也让人联想起茅子。和小小的茅子一起度过的那些日子的酸甜的回忆，在一郎的心中悄悄地蔓延开了。茅子。他哼起了茅子咿咿呀呀地唱过的歌，又想起了茅子那捏着点心的小小的白手。那手像蝴蝶一般敏捷，而且还任性……

可那个女孩到底是在等谁呢？站台上早就没人了。再说，也没有新列车到来的迹象。小小的女孩像被忘记了的人偶似的，一动不动地坐在皮箱上。

一郎想，她不会是一个被人遗弃的孩子吧？

不会是走投无路的母亲，把她和行李一起……不不，母亲搬不动那个大皮箱……要不就是对孩子头痛了的父亲，把她丢在这里不管了。也许说不定，皮箱里头装的是女孩的替换衣服、点心、玩具和写着"拜托您了"的字条，消失了的父亲，是绝对、绝对不会再返回来了吧……

是的，这是报纸上常有的事。但是，在这样一个山里的车站，是不大可能发生这种事的。

四下里天已经相当黑了，车站的灯光看上去更加明亮了。

一郎有一种感觉，仿佛是在一座不可思议的剧场里眺望着不可思议的舞台。在橘黄色的聚光灯的映照下，那女孩也许就要开口唱歌了。

刚这么一想，女孩从皮箱上轻轻地跳了下来。接着，就飞快地打开了皮箱……

皮箱一下裂成了两半，从里头飞出来的——啊啊，天啊，竟然是飞雪似的落花！

比演艺会上的魔术还要神奇，而且还要瑰丽无比……是的，那飞雪似的落花一飞上昏暗的天空，马上就像星星一样闪烁放光了。

是萤火虫。

皮箱里装着满满一箱子的萤火虫。

萤火虫成群结队地从车站飞过铁道线，一边一闪一闪地闪着光，一边向着一郎的方向飞了过来。随后，一郎就激动起来，摊开双手唱起了歌：

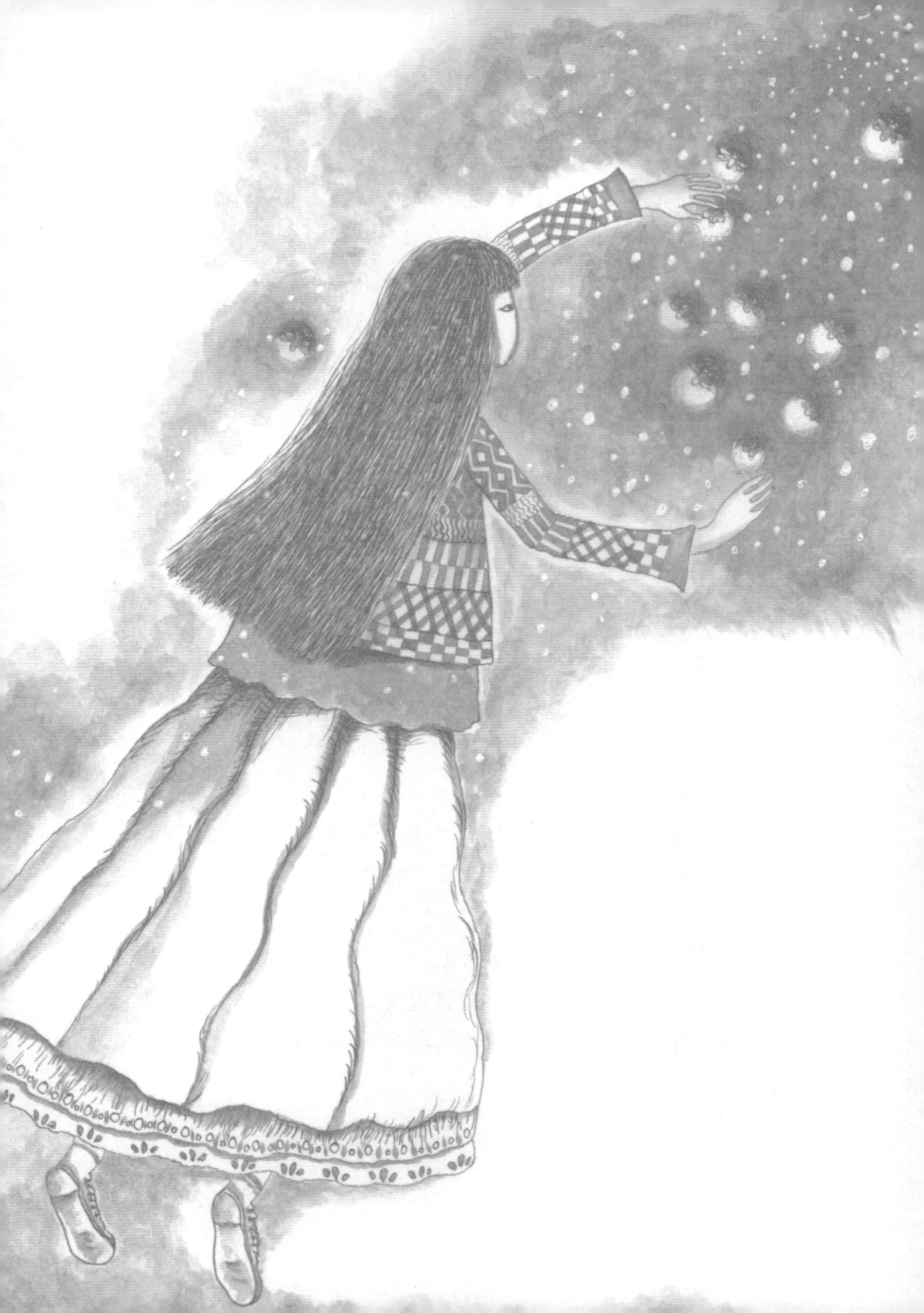

"萤——萤——萤火虫……"

萤火虫的光化开了,变大了,每一个里头都浮现出了茅子的身姿。有笑着的茅子,有唱歌的茅子,有睡着的茅子,有生气的茅子,还有哭鼻子的茅子……

数不清的茅子,晃晃悠悠地渐渐远去了,向着东京的方向飞去了。

很快,它们就像远远的城市的灯火一样了。那就是茅子住的城市,霓虹灯不停闪烁、有高速公路的城市,连地下都是雪亮的城市……

"嗨——"

一郎不由得奔了起来。到了那里,就能见到茅子,就能见到茅子……他这样想着奔着。

然而,不管怎样没命地奔,也追不上那片蓝色的光。

萤火虫们朝上、朝上,朝着天上飞去了,不知从什么时候起,一郎已经是奔跑在满天的繁星之下了。

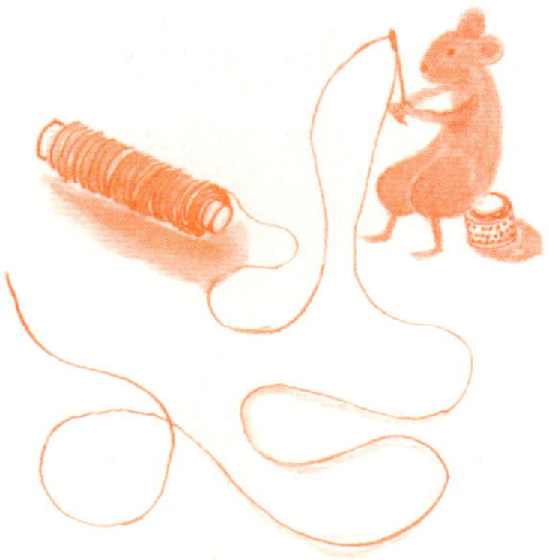

小小的金针

老奶奶张大了嘴巴。
到今天为止,
老奶奶一点也不知道啊,
自己房子里的阁楼上,
竟然住着白鼠一家!
而且,这群白鼠还像人一样穿鞋子!

老奶奶的针线箱,是一个又旧又大的篮子。

很久很久以前,老奶奶嫁过来的时候,就带来了那个篮子。然后,老奶奶就是用这个针线箱,缝孩子们的衣裳,缝被褥,替袜子补上补丁,做窗帘什么的。现在那个篮子已经发黑了,好多地方都破了一个个洞,可老奶奶还是宝贝得不得了。

篮子里有一个小小的红色的针插、一把拴着铃铛的剪刀和红、白、黑三个线团,还有一个装着纽扣的小盒子。针插上,老奶奶出嫁时带过来的三根大针、三根小针,整整齐齐地排列成两排。

一干完活儿,老奶奶一定要数一数针的数目。

"小小的针,一二三。
大大的针,一二三。"

老奶奶一边眯缝着细细的眼睛,一边这样唱道。

每一根针,都是银色的。

可是有一天,老奶奶发现自己的针插上,插着一根从来也没有见到过的小小的金色的针。

"啊呀!"

老奶奶把眼睛凑到了针插前头。这是太阳的光线吧?她想。她连针插一把抓了起来,可果然是一根针。

"是谁呢……"

老奶奶沉思起来。

"是谁在我的针插上插上了这样的针呢?"

老奶奶轻轻地取下了金针。

"针从来没有多过啊。"

老奶奶摇摇头,把金针插了回去。

从那以后,老奶奶一干完针线活儿,就必定要唱起这样的歌来了:

"小小的针,一二三。

大大的针,一二三。

再加上一根金针。"

一天晚上。

老奶奶钻进被窝,才记起来答应过小孙女,要缝一套玩偶的衣服。

"对了对了,说好明天要缝好的。"

反正也睡不着了,老奶奶忽地一下爬了起来。

"得,连夜缝吧!"

然后,老奶奶就要去开灯,可手突然停住了。漆黑的房间的一角,有一片奇异的亮光,蓝蓝的,就仿佛一颗非常非常小的小星星掉了下来似的。

那是放针线箱的地方。

是的,蓝光就是从那个篮子的裂缝里透出来的。

"针线箱里点着灯哪。"

老奶奶一下子高兴起来,她有一种感觉,好像千载难逢的事情就要发生了似的。老奶奶心怦怦地跳着，朝针线箱那边走去。然后，轻轻地打开了盖子。

怎么会呢？

针插和纽扣盒之间的一块小小的"广场"上，像花一样，点着一盏蓝色的煤油灯。在那盏煤油灯的光亮下，一只非常小的白鼠，正在干着针线活儿。白鼠还系着带围嘴儿的围裙。

"啊，吓我一跳！"

老奶奶那细细的眼睛都瞪圆了。

白鼠端正地坐在篮子里，正在往那根金针里纫线。

"是你啊！是你把金针忘在我的针插上了？"

老奶奶叫出了声。这一声叫得太大了，白鼠吓得不知所措了，长长的尾巴抖个不停。然后往上一跳，说了起来：

"是的，因为我们家里没有针插，所以、所以每天晚上，我才在这里干针线活儿的。不、不过，我可一点都没给您添麻烦。线也罢，针也罢，煤油灯也罢，全都是我自己带来的。而且，而且……"

"没有关系呀！针插你用就是了。"

听了这话，白鼠高兴地行了个礼，一个不够，连行了好几个礼。

"不过鼠太太，你在缝什么哪？"

听老奶奶这样问道，白鼠回答说：

"是鞋啊。"

"什么，缝鞋子！"

这让老奶奶吃惊不小。就连擅长针线活儿的老奶奶，也从没缝过鞋子。

老奶奶把眼睛贴了上去，看起白鼠干活儿的样子来了。

白鼠把剪成小鞋子样子的褐色的皮，灵巧地缝到了一起。

"这是栗子皮。把栗子皮用水煮了，在水里泡上三天三夜，再在月光下晾干。"

白鼠说。

"啊，这可够费劲儿的。"

"可不是嘛！不过，用栗子皮缝的鞋子，穿上又轻又舒服。这样的鞋子，我一共要缝上十二双呢！"

"那是为什么呢……"

"因为我们家里有十二个人。"

"是这样啊。可是，白鼠也穿鞋子吗？"

白鼠太太突然压低了声音：

"其实，我们要搬家了。"

"搬家……"

"是的。到今天为止，我们一直住在这座房子的阁楼上。不过，这回我们在遥远的森林里找到了新的家。所以，我们决定去旅行了。"

"啊，这可……"

老奶奶张大了嘴巴。

到今天为止，老奶奶一点也不知道啊，自己房子里的阁楼上，竟然住着白鼠一家！而且，这群白鼠还像人一样穿鞋子！

白鼠太太继续说：

"搬家的事，全都准备好了，只剩下鞋子了。怎么说呢，要走好远的路啊！要翻过七座山，渡过七条河，越过七片原野，才能到达那片森林。太远了，要穿上栗子皮的鞋子走很远，要走到鞋子坏了才能到。"

"可太太，不特意搬到那么远的地方去不行吗？"

老奶奶嘴里嘟嘟囔囔地说。于是，白鼠的小眼睛开始放光了：

"不。我们的好多伙伴都住在那里。它们常常来信，说什么今年越橘的果实采了一个够啦，什么清水涌出来啦，吹来舒服的风啦，小小的白蔷薇全都开啦。"

说归说，可白鼠太太的手就没有停止过。金针简直就像有了生命一样，在栗子皮上飞针走线。

老奶奶佩服了。

"你真有两下子啊！"

她叫道。

白鼠太太用牙齿咯噔一下咬断了白线，然后晃了晃头，谦逊地说：

"哪里哪里，哪有什么两下子，还只是在学着做哪！"

这天晚上的活儿干完了以后，白鼠太太带着缝好了的鞋子和煤油灯，回家去了，只留下金针还插在老奶奶的针插上。

"明天晚上还要来，请代我保管一下。针不插在针插上，立刻就会生锈。"

"行啊，行啊。"

老奶奶连连点头，把金针宝贝似的收了起来。

一天晚上缝一双小小的褐色的鞋子。

缝好一双，白鼠太太就会这样唱起歌来：

"嘀呀一双缝好啦，

月亮圆圆，

银色的路，

野蔷薇全都开了，

去大森林吧。"

因为白鼠每天晚上都唱这首歌，老奶奶就记住了，不久，就和白鼠一起唱了。

于是……老奶奶的眼睛就变得能看得见那片大森林了。

风摇动着绿色的树。从没看见过的白色的小花，开得那个烂漫啊。一闭上眼睛，就能闻到那花的香味。

"多好啊……"

老奶奶也想住在那样的地方，盖一座小房子，用果实煮煮果酱啦，用糖腌腌栗子、核桃啦，在白花下面睡个午觉啦。

很快，十二双鞋子就全都缝好了。最后一天的晚上，白鼠太太

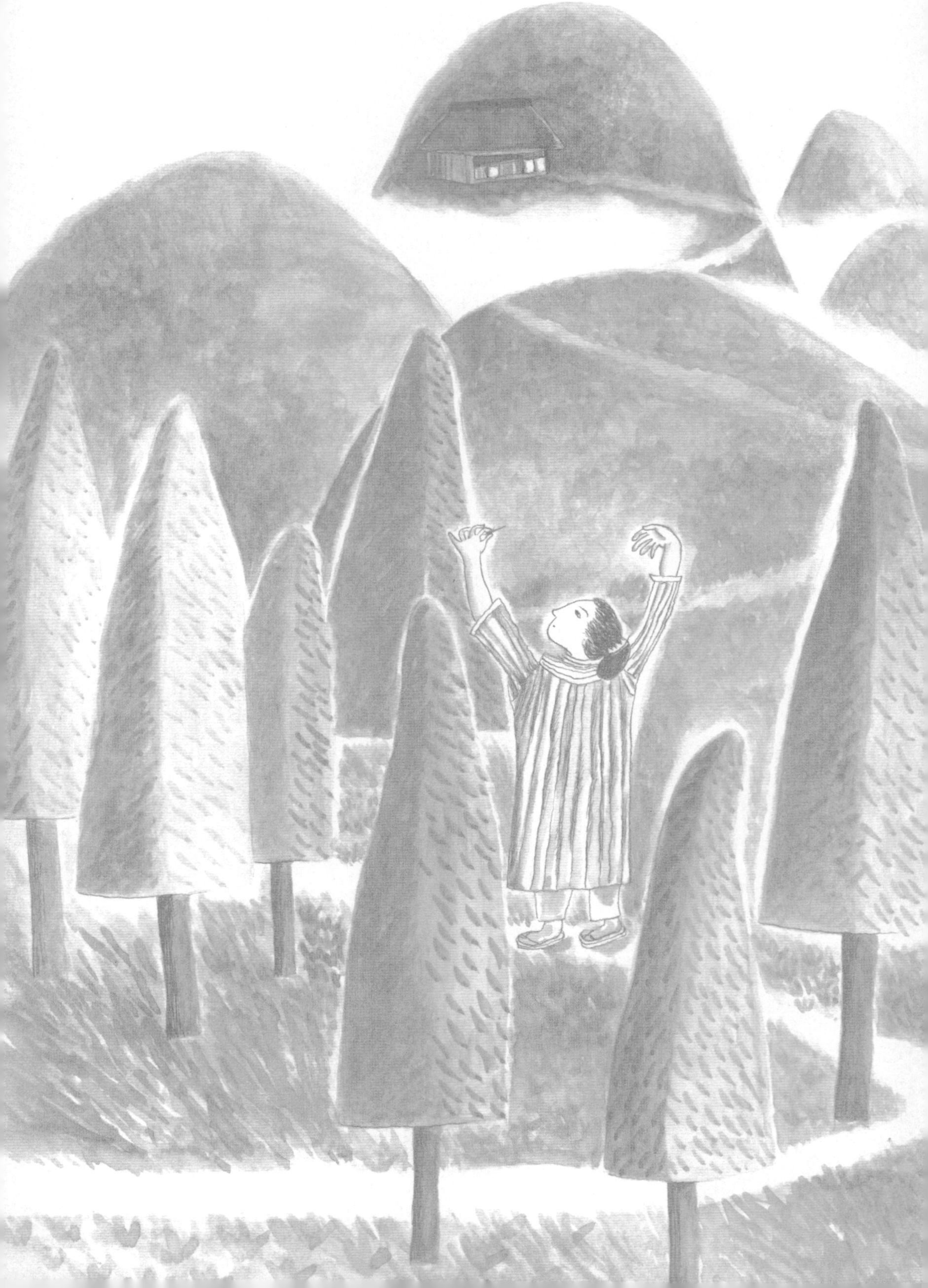

这样说道：

"老奶奶，作为谢礼，这根针就放在这里。"

"呀，真的吗？"

老奶奶扶了扶眼镜。

"这、这是真的吗？这么漂亮的针就成了我的东西了吗？"

老奶奶甭提有多么高兴了。她捏住金针拿了起来，举到月光下看着，然后歪过头说：

"明天用这针缝点什么吧！"

老奶奶的眼睛闪闪发亮。

第二天，老奶奶想：就缝窗帘吧！好长时间，老奶奶的窗户上都没有窗帘了。

老奶奶打开衣橱的抽屉，取出一块珍藏的白布来。这块布，一共有十米长吧？这还是很久很久以前，老奶奶还很年轻的时候买的。她用一把大剪刀，剪下窗帘大小的一块来，做上了记号，好啦，该把线穿过那根金针了！

老奶奶没戴眼镜，可针眼儿却看得一清二楚。细细的线，一次就从金针那小小的针眼儿里穿了过去。

"怎么会有这样的事呢！"

然后，当老奶奶开始缝的时候，针就像滑行似的，在布上前进起来了。它快得就仿佛老奶奶的手指在针后面没命地追赶一样。

"这比缝纫机还快。"

老奶奶叫道。

就这样，一转眼的工夫，一块窗帘就缝好了。老奶奶心情好极了，大声地唱起了歌：

"嘀呀一块缝好啦,
月亮圆圆,
银色的路,
野蔷薇全都开了,
去大森林吧。"

老奶奶来劲了。她决定在自己的房间里再多挂上几块帘子。

"北边的窗户上也挂上吧!房间的门口也挂上一块吧!那边的壁橱也挂上一块小的吧!然后……"

实际上,老奶奶缝帘子比挂帘子更快乐。没有什么比金针在白布上像阳光一样飞快地前进更快乐的了。

老奶奶一天缝一块帘子。这样不知不觉中,老奶奶的房间都被白帘子围起来了。

一天晚上。

这天夜里老奶奶有一种很舒服的倦意。熄了灯,钻进被窝,迷迷糊糊地快要睡着的时候,觉得不知道从什么地方刮来一阵清爽的风,四周的帘子一下飘了起来。然后,月光射到了正睡着的老奶奶的眼睛上,像撒下来一把银粉似的,老奶奶眼睛都睁不开了。

(怪了,明明关了木板套窗睡觉的啊!)

老奶奶想。

可是,接着就飘来了一股花香。

(这是蔷薇的味道吧?)

这么一想,又飘来了冷杉树的气味。接下来,是树叶在风中簌簌作响的声音、小溪流淌的声音、小动物们活动的动静……

老奶奶吃惊地爬了起来。于是,听到了这样的歌声:

"一开灯,普通的帘子。
一熄灯,森林中。"

老奶奶朝四周打量了一圈。
"哎呀哎呀!"
老奶奶大声叫了起来。
老奶奶一个人躺在月夜的森林里。
老奶奶身边是参天大树。
(帘子哪去了?衣橱呢?壁橱呢?)
可哪里有那种东西啊!老奶奶目不转睛地窥视着周围。

这时,从寂静的树木之间,一团团白色的东西一闪一闪地动了起来,不一会儿,一大群白鼠就出现在了老奶奶的眼前。其中的一只跑到老奶奶跟前,这样说:

"老奶奶,前些天多谢您照顾。"
老奶奶眨巴起眼睛来了。
"哟,白鼠太太!"

她叫起来。白鼠太太把胖乎乎的丈夫和十只小白鼠介绍给老奶奶。

接着,一只接一只,又介绍起堂兄弟堂姐妹白鼠以及它们的亲戚白鼠来了,老奶奶一一还礼,最后头都晕了。

白鼠丈夫竖起白胡须,得意地把手上拿着的一大把牌给老奶奶看：

"打扑克吗？"

老奶奶这才发现，白鼠已经在身边坐了一个大圈。

"可我根本就不会打扑克啊……"

老奶奶刚一开口，白鼠丈夫就说：

"什么呀，简单！传牌就行了。从边上接过来，再传给下一个就行了。"

一边说，一边给众鼠发起牌来了。没办法，老奶奶也进到了圈里。

白鼠们接过牌，偷偷地看着，一脸认真地沉思着，还有的"啊——"地呻吟一声。老奶奶凝视着发给自己的牌，可那不过是一张白纸。

"这是怎么一回事呢？"

老奶奶让边上的白鼠看自己的牌。可那只白鼠像是生气了：

"唉，不能让别人看！"

就这样，老奶奶玩起了根本就不知道是怎么一回事的游戏。她学着白鼠的样子，从边上接过牌，再传给下一个。传了一阵子，白鼠们突然叽叽喳喳地嚷嚷起来，什么谁赢了，谁输了，七嘴八舌地说了起来。但是，老奶奶还是不明白。

玩完了扑克，是茶会。先喝了越橘果酱热红茶，还吃了核桃饼干。不论是茶还是饼干，味道都非常好。老奶奶想，还是生活在森林里好啊。

不久，四下里就渐渐地明亮起来。天空稍稍染上了一层蔷薇色，听到了小鸟的叫声，在刺眼的早晨的光芒中，白鼠们的身影看上去有点模糊了。

这时，又听到了那个歌声：

"太阳一升起来普通的帘子，
太阳一落山森林中。"

清醒过来的时候，老奶奶正坐在自己房间里的被窝上。

从围了一圈白帘子的缝隙里，早上的光透了进来。

老奶奶晃晃悠悠地站了起来，拉开了帘子，这时从老奶奶的袖口里，突然掉出来一片小小的方纸。

竟是昨天晚上的扑克牌。

"哎呀，把白鼠的扑克牌给带回来了。"

老奶奶把扑克牌翻过来一看，上面写着这样的金色小字：

> 还是
>
> 请
>
> 把金针还回来吧

老奶奶吃了一惊，跑过去，打开了针线箱的盖子。

插在针插上的，是三根小银针、三根大银针。只有这么几根。

像阳光一样美丽的金针，已经不见了。

夫人的耳环

一到满月的时候,
夫人就会跑过大海,到这里来吧?
蓝色的袖兜在风中嗖嗖地舞动着,
捂住戴着珍珠耳环的两只耳朵,
屏住呼吸,跑过来吧?

公馆夫人的耳环丢了。

听说那是镶着淡桃红色的珍珠、价值连城的东西。前一天的晚上，一只耳环，不知被夫人丢到公馆里的什么地方了。

"夫人的耳环丢了。清扫的时候，请注意一下啊！"

第二天早上，上了岁数的女仆领班的声音，在长长的走廊里从头至尾地回响起来。

小夜一边用抹布擦地，一边想：耳环到底是个什么东西呢？不过，那之后很快，公馆里的人就被叫到夫人的房间里，去拜见那只耳环了。

剩下的一只耳环，被收到了木雕珠宝箱里。银链上是一粒大得惊人的珍珠，宛如清晨的露水珠一样，闪闪发光。公馆里的女仆、书童和花匠们仔细地拜见着。

"听好了，发现了与它一模一样的东西，请立即送到我这里来。今天，垃圾里也要好好翻一翻。"

女仆领班紧张得声音都哆嗦了，对众人这样命令道。

这个时候，夫人正悲痛欲绝地瘫坐在隔壁房间的丝绸坐垫上。夫人穿着浅蓝色的和服，系着同样颜色的带子。这样一位传统贤淑，连一次西装都没有穿过的女人，昨天晚上怎么会戴上了耳环呢？小夜不懂了。听说那耳环，是夫人结婚时主人赠送给她的礼物。

说是这么说，不过，小夜连一次也没有见到过主人。尽管来这

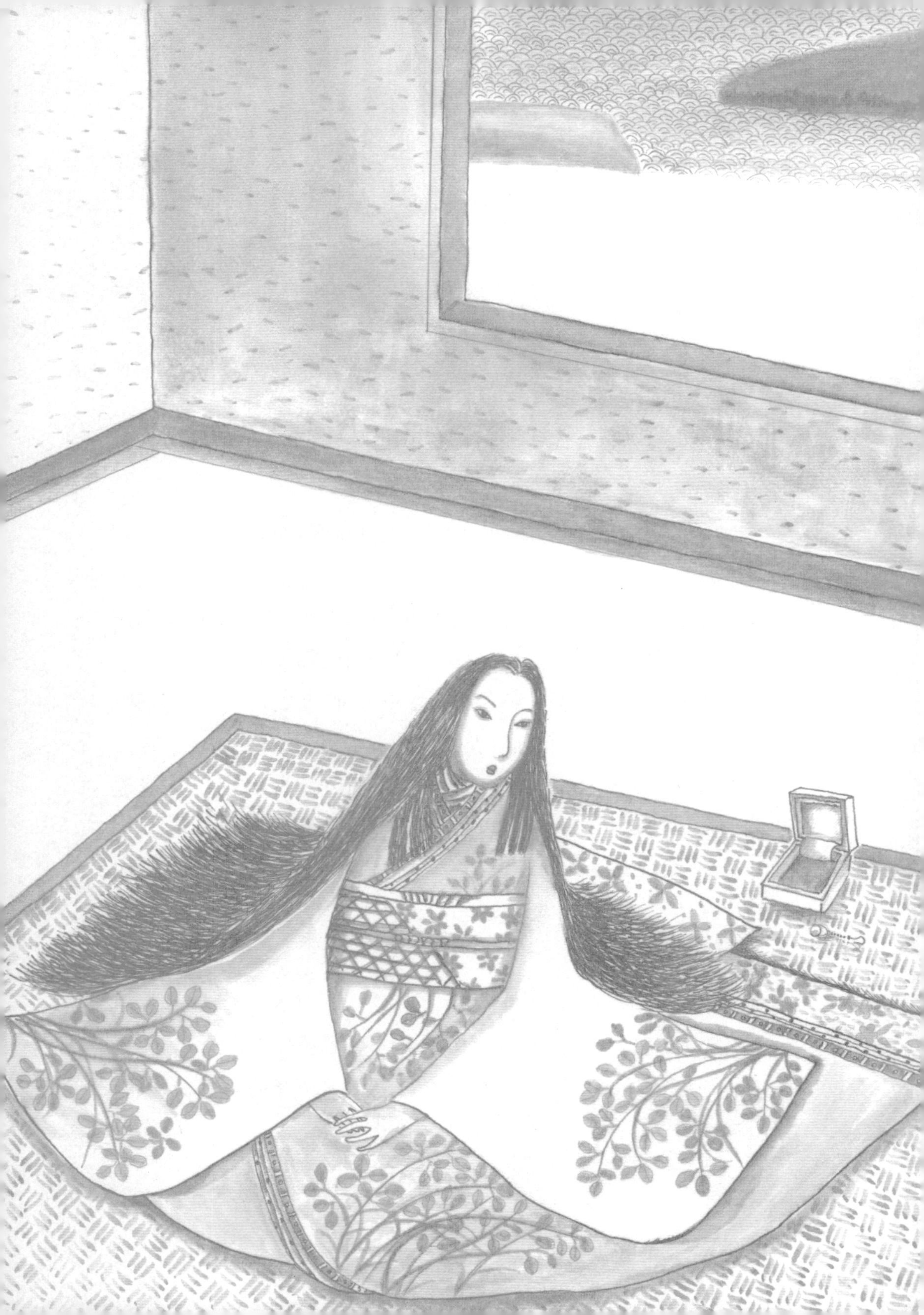

家公馆效力已经有半年了。

听说主人是一位富商。说是港口那儿有一艘大船，从事着从海那边的国家往回运宝藏的买卖。

"所以啊，一年到头几乎都在海上了，很少回来。就连我，也还没有见到过。"

女仆领班这样说。那时候小夜就想，那样的话，夫人也太寂寞了！

这天黄昏。

当小夜意外地在院子里的栀子树下发现了那粒珍珠的时候，别提有多吃惊了。

是去药店给夫人买头痛药、匆匆回来的时候。仿佛从栀子花上滚下来的一滴露珠似的，珍珠飘然落到了昏暗的院子里的黑土上。

小夜禁不住拾了起来，搁在手上，屏住呼吸凝视着这个宝物。然后，悄悄地戴到了自己的右耳朵上。

这样不行！必须马上送过去！一边自己说给自己听，一边还是想戴一次耳环，结果小夜没能说服自己。

戴上了耳环的耳垂儿，怎么会是一种又重又热的感觉？小夜不由得晃了一下头。她想，原来那些高贵的人，就总是这样一种感觉活着的啊！

就在这时。

小夜那戴着耳环的耳朵，听到了一个不可思议的声音。

哗的一声涌过来，哗啦啦地笑着远去了。又哗的一声涌过来，笑语喧哗地消失了……啊啊，这是海边的声音。

因为小夜就出生在海边的一个渔民的家里,海的声音,是绝对不可能听不出来的。

小夜不由得闭上了眼睛。

于是,那个声音就充满了小夜的脑海、胸膛,不,是整个身躯,不停地"呜——呜——"叫着,形成了汹涌波涛。

来呀!来呀!小夜听到从声音那边传来了低沉的呼唤声,是心理作用吗?然而这时,小夜已经成了这不可思议的耳环的俘虏了。

"这就去,这就去,这就去——"

小夜大声叫道。然后,就那么戴着耳环跑了起来。

朝着大海,朝着大海,朝着波涛尽头那个呼唤着自己的不可思议的声音的方向——

公馆离大海相当远。如果坐火车要三十分钟,如果步行要半天吧?可这天夜里,小夜却真只是那么一跃,就到了大海。跑过什么地方?怎么跑过去的呢?小夜只记得袖兜在风中嗖嗖地叫着,家家户户的灯光像星座一样眨巴着眼睛,天上回响着黄色的月亮那不可思议的鼻歌。小夜捂着戴着珍珠耳环的耳朵,只是没命地跑着。

啊啊,热热,耳朵热,小夜大口大口地喘着气。

尽管如此,小夜还是追赶着发烫的右耳里那个不停地回响着的呼唤声。那声音,温柔而甘甜,说是这么说,那却是一个无法形容的英武的男人的声音。

当清醒过来的时候,小夜已经在大海上了。

小夜竟然从沙滩上一下子跳到了海里,在水上跑了起来。

夜里的大海,就像是一块又黑又重的布。而且,从海的尽头、水平线那边,那个声音又"来呀!来呀!"地呼唤起来。

在海上跑了有多久呢？

小夜的前方，出现了一座小岛的黑影。小岛沐浴在月光之下，闪着光。当小夜终于抵达了那座小岛的时候，小岛猛地一晃，说起什么话来了。

没错，小岛确实说话了。就用那个声音说："到这边来。"随后，那个声音就呼唤起夫人的名字来了。那一瞬间把小夜吓了一跳。

定睛仔细一看，那不是一座岛，天哪，竟是一头鲸！鲸那两只细细的眼睛，正目不转睛地盯着小夜。接着，又惊讶地再次呼唤起夫人的名字来了。

小夜低着头，前言不搭后语地回答道：

"哦、哦，我，夫人的使者来了。"

"使者？使者是什么意思？"

鲸非常吃惊地说。然后又问：

"她生病了吗？"

"……"

小夜想说什么，可是却发不出声音来了。换了一个方向，想飞快地返回沙滩，但腿却动不了了。

这时，小夜恍然大悟了。

夫人的丈夫，原来就是大海里的鲸！

还是一个孩子的时候，小夜就曾经听说过有魔力的鲸的传说。说是在离岸不远的海上，住着一头不可思议的鲸，嫁给了这头鲸的姑娘，不但住在豪华的宫殿里，身边还有成群的仆人服侍。而一到满月的夜里，她就会佩戴上美丽的珠宝，去和海里的鲸会面。

小夜哆嗦起来。啊啊，天哪！自己竟代替夫人到这里来了……

鲸目不转睛地盯着小夜，然后静静地说：

"告诉我，告诉我是怎么一回事。"

那声音，悲伤得有点颤抖了。

小夜一句一句地说了起来。夫人一只耳环丢了，自己拾到了，结果稀里糊涂地就来到了这里。

听完了，鲸叹了口气。是一声如同吹过森林的风一样的深深的叹气。然后只说了一句"这是不可以的啊"，鲸的眼泪就夺眶而出了。

"我说过多少次了，耳环是两个一组。我说过了，绝对不可以只戴一只耳朵。而且，一旦别人知道了耳环的秘密，就完了。"

"完了？什么完了？"

小夜睁大了眼睛。

"我们的结婚啊！我给妻子的梦啊！鲸给人间的姑娘的梦，和钟的摆一样。为了来到这里又肯定能回去，我把两粒珍珠作为耳环给了她。如果只用一只，那就完了。我们再也不会见面了。"

"……"

小夜想，这下可惹了大祸！那时要是立刻把耳环还给夫人就好了。如果那样的话，就什么事也不会发生了……

接着，小夜又责备起自己的轻率来了，只戴着一只耳环，就到这样的地方来了。少了另外一只戴在左耳上的耳环，小夜怎样才能回到陆地上去呢……

直到刚才为止，还绷得紧紧的，连一丝微波也没有的大海，这会儿，晃荡来晃荡去，像是在呼吸似的摇晃起来了。

（怎样才能从海上回去呢……）

就在小夜走投无路地叹了一口气的时候，怎么样了呢？

小夜已经坐到了鲸的背上。小夜不知道自己究竟是怎么爬到鲸那巨大的、滑溜溜的身体上来的，不管怎么说，她现在正在鲸背上摇晃着两条腿，眺望着大海。

（月亮月亮，救救我！）

小夜在心里祈求道。

"你用不着担心。"

鲸突然说。

"魔法马上就要解开了。耳环的魔法，这就结束了。你一点也用不着担心。"

这话让小夜稍稍放下心来，然后，迷迷糊糊地想起了公馆里的夫人。

一到满月的时候，夫人就会跑过大海，到这里来吧？蓝色的袖兜在风中嗖嗖地舞动着，捂住戴着珍珠耳环的两只耳朵，屏住呼吸，跑过来吧？

小夜突然眼泪汪汪了，鲸也啜泣起来。

"所谓的魔法，真是一种让人悲伤的东西啊！"

鲸用含混不清的声音嘟哝道。

小夜看着海上的月亮，慢慢地向西方移去。她看着它，感觉好像日子已经过去了好几年、好几十年似的。

天亮时分，小夜站到了公馆院子里那棵栀子树下。

女仆领班那吩咐早上工作的声音，响了起来。窗下新的白百合花开了。

和往常一样的公馆的早上,平静、爽快的一天开始了。

然而这个时候,小夜却像一个疯了的女孩似的,眼睛闪闪发光,披头散发地闯进了公馆。

"夫人、夫人……"

一边这样叫着,一边冲进了夫人的房间。

夫人陷入了比昨天更深的悲痛之中。接着,用有气无力的细细的声音,自言自语地说:

"剩下的一只耳环也消失了。在朝阳中熔化了。这下,全都完了啊……"

夫人的手上,托着一个空空的珠宝箱。

"夫人,另外一粒珍珠,我……"

小夜刚说了一个开头,伸手去摸自己的耳朵时,那只耳环也像露珠一样消失了。

随后没有多久,公馆就衰败了,夫人回乡下去了。

闲下来,女仆们凑在一起悄悄地说,大概是因为主人的生意失败了,不寄钱回来,公馆才衰败了吧?

只有小夜知道事实的真相。

实在是太悲伤了,小夜离开了公馆。

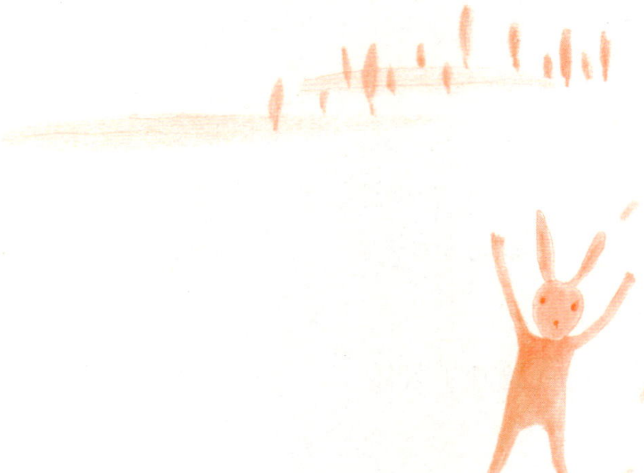

冬姑娘

不久,
冬姑娘就冲着遥远的北方的森林,
吹了一声尖厉的口哨。

冬姑娘，是坐在白菜山上来的。白菜堆在运货马车上，从北方的村子"咣当咣当"地来了。农夫坐在马车上，用毛巾包住脸，赶着马。

"嗨——嗨——白菜送来喽！"

农夫一个人自言自语。离城里市场近了才该说的话，一高兴，这会儿就从嘴里溜了出来。不过，城里还远着哪，还要在枯萎的原野上跑好几个小时。

"啊——"

农夫打了一个大哈欠，迷迷糊糊地打起瞌睡来了。

就是这个时候，冬姑娘轻轻地坐到了马车上。

从前，冬姑娘也穿着长长的棉坎肩。可现在，全都换上了洋装，围着红色的围巾，穿着长筒皮靴。还有，就是今年还戴上了耳环，仔仔细细地化了妆。

冬姑娘坐上来的那一刹那，原野一下寒冷起来。马猛地一哆嗦。

（哼！这女娃子年年来坐呢！）

马生气了。堆得像山一样的白菜已够呛了，连个招呼也不打，就跳上了别人的马车，这不是瞧不起人吗？今年一定要把这个小女娃子甩下去！

于是，马就放开速度狂奔起来。马车"哐当哐当"地一阵剧烈摇晃，一棵白菜滚落了下去。农夫睁开了眼睛，慌忙去拉缰绳。

"驾驾！不能安静一点吗？"

可是，只发生了这么一点事。冬姑娘仍然若无其事地坐在上面。

"哼！"

又咂了一次嘴，没办法，马只好又一步一步走了起来。农夫又开始打起瞌睡来了。

红红的太阳，在乱蓬蓬的树林那边放射出微弱的光。走了一会儿，马站住了，往回看去。马想看看冬姑娘是个什么样子。

冬姑娘坐在白菜山上，盘起了两条穿着长筒皮靴的腿。长长的围巾被风一吹，像市场的旗帜一样飘飘扬扬。

"还打扮得花枝招展呢！"

马嘲笑道。

"那么漂亮的围巾，是谁给你织的呢？"

冬姑娘开心地回答道：

"是俺娘织的！俺娘这会儿正在织一条大大的、大大的披肩哪！"

"哼！那么，这双长筒皮靴是谁给你缝的呢？"

"这是俺爹缝的！俺爹这会儿正在缝皮袄呢！"

"嗨！"马缩了一下肩膀，"那么说，下个月，你老娘就要披着那条披肩来坐马车了？"

"嗯嗯，"姑娘点点头，"然后再过一个月，俺爹就要穿着皮袄来麻烦你了。"

听了这话，马的心情糟糕透了。

"俺把话说在前头，马车可不能白坐。"

"你怎么这么说……"冬姑娘吃了一惊，眨巴着眼睛，"俺们从很久很久以前，不就是坐你拉的马车来的吗？再说，俺一个人只不过才花瓣那么重。"

"可是啊……"马谆谆教诲似的说,"如今这个世界上,不要钱的事可一件也没有了。再怎么小的东西,也要花钱买;再怎么无聊的活儿,也要付谢礼。"

"是吗?"

"是啊。所以,你要是想坐到城里头,就要付给俺谢礼。"

"……"

冬姑娘犯愁了,自己身上没带一分钱。于是,马毫不在意地说:

"也用不着什么特别的东西。比方说,像那条围巾就行。"

"围巾?"姑娘尖叫起来。

"这可不能给你!这是俺娘一针一线给俺织的。"

听了这话,马刁难地说:

"是吗?那么俺也就只能对不起你了。从这里起,俺一步也不往前走了。"

没法子,冬姑娘只好摘下围巾,给马围上了。红色的围巾一圈一圈地缠到了马的脖子上。

"噢,可真暖和啊!"

马满足地点点头,马上就"咣当"一声拉起车来了。

马拨开浓密的枯草,往前走去。

"啊啊啊啊,这片原野上连条路也没有。"

马叹了口气,发起牢骚来了。就在这时,马的脑袋里突然冒出来一个好主意。马看着前方,说:

"喂,冬姑娘呀,你那漂亮的长筒皮靴,能不能借俺一下?"

白菜山上的冬姑娘回答说:

"这可不能脱给你。爹花了十天才缝出来的!"

于是,马就故意呼哧呼哧地喘着粗气,然后前腿晃了几晃,一下子停住了:

"脚太痛了,一步也走不了啦。这片原野上尽是碎石子。要是穿上了那双长筒皮靴,也许会好受一点。"

于是,冬姑娘勉强把长筒皮靴脱了下来。马把它们穿上了。

"嗯,真舒服。"

嘎巴嘎巴,长筒皮靴发出了脆脆的声音。

农夫还在睡着。马车上是白菜的山。冬姑娘无精打采地坐在上头,肩膀那里,一片片灰云飞来飞去。

走了有多远呢?

马突然听到了一个好听的声音。

"咦呀?"

马悄悄回过头去。摘下了围巾的冬姑娘的胸前,晃动着一条长长的项链。那玻璃球撞到一起,发出了木琴一般的声音。马一下子想要那项链了。

"喂,冬姑娘呀!"

马停住了脚。

"俺胸前好冷清啊,你那玻璃球能让俺戴一戴吗?"

"……"

冬姑娘一脸恨恨的表情。可马还紧追不舍地说:

"没有它,俺连一步也走不动了哟。"

于是,冬姑娘伤心地把项链摘了下来。

马戴上了项链,看上去简直就像是杂技团的马了。穿着长筒皮靴的前腿往前迈一步，项链就丁零丁零地响一下，红色的围巾就随风飘了起来。马这个高兴啊。

"还是头一次这么快乐！"

可这是一匹贪得无厌的马。还有什么可以要的东西呢？马又回过头去。

那双眼睛停在了冬姑娘那美丽的脸上。然后，停在了冬姑娘那长长的睫毛上。这个姑娘粘的是假睫毛。马眨了眨眼睛。

（俺的睫毛就够长的了，可这女娃子的睫毛更长！）

而且，还是卷曲的，闪闪发光。

（好，最后再打扮一下，把它们也要过来吧！）

马自己点了好几次头，轻轻地招呼道：

"喂，冬姑娘！"

冬姑娘朝这边转过脸。

"我想要你的睫毛。"

冬姑娘吃了一惊。今天仔仔细细地化过妆了啊！新的睫毛，花了好长时间才粘上去的。如果把它们也摘掉，那太不可想象了！于是，姑娘就努力装出一副糊涂的样子，眼睛骨碌一转：

"哎呀，睫毛是粘在眼睛上的呀，怎么能取下来呢？"

但马不肯服输：

"连谎话你都不会说。俺知道，你戴的是假睫毛。俺见得多了，城里的姑娘粘的都是假睫毛。"

"……"

"好了好了，快把睫毛摘下来，让俺戴上吧！要是不让俺戴的话，俺连一步也不想动了。"

冬姑娘哭丧着脸，把自己的睫毛给了马。

马车又慢吞吞地前进了。不久，马就听到身后传来了轻轻的哭泣声。

（嘿，我还不知道她哭了哪！）

马这样想。不久，冬姑娘就冲着遥远的北方的森林，吹了一声尖厉的口哨。马一点都不知道。

一开始，马的假睫毛还不错。眼睛上面，像多出来一个庄重的天鹅绒帽檐似的。

"睫毛一漂亮，气质就出来了。有血统证明的名马，就是这种感觉吧？"

这匹马，老早以前就向往这种东西了。它有一种感觉，自己已经成了一匹英雄马。

四下里还是一片茫茫荒原，但是，如果把它想象成凯旋勇士的回归之路的话，也就不觉得苦了。如果把拉着的马车，想象成一车战利品的话，也就不觉得重了。一进到城里，等待着它的将是喇叭、掌声和五彩的纸屑。

"快！快！"马自己激励自己道。

就这样，又走了有多远呢？

突然，马觉得一只眼睛的睫毛上好像开了一朵小小的白花。

（呀，五彩纸屑也撒得太早了呀！）

马站住了。另一侧的睫毛也噗地开出了一朵白花，然后，它一飘落下去，睫毛上又开出了一朵新的花。落下去的花，眼看着越来越多，很快，放眼望去，是的，马的眼睛所能看得见的地方，已经是一片白花了。

那就像梅花一样，软软的，发出一股好闻的味道，像幻觉一样朦朦胧胧……

"哇！"马赞叹不已。

白花在地面上一点点地积了起来，不一会儿，这一带就变成了一个不可思议的世界。

"不得了！"

马眼神呆呆地嘀咕了一句。过去它曾经喝过一点啤酒，那时候，就是这种感觉。

不过，没过多久，马的长筒皮靴的一半就陷在花的里头了。脖子上和后背上，也全都是花。如果不是不停地摇晃身体，花就把它压得不能动弹了。

"什么时候谁曾经说过，花瓣没什么重量，根本就不是那么一回事！"

马喘着气朝前走着。然后不时地停下来，眨巴着眼睛。积在睫毛上的花，让它看不见前方了。

不过，那白色的原野怎么走、怎么走，也没有一个尽头。马突然不知道自己是在朝前走，还是又返回来了。要不就是在原地踏步？视野里全是白花。如果说听到的……啊啊，那条项链那温柔的声音呢？马的周围，是一个完全没有了声音的世界。可尽管如此，身后的马车却迅速地变得沉重起来。

马受不了了，失去了知觉。

"呼——"

吐了一口白气，跌跌撞撞险些要摔倒的时候，缰绳一下子被拉住了。

"驾驾！马上就要到了！"

这是一个熟悉的嘶哑的声音。

"已经看到市场的旗帜了，再加把劲儿！"

（市场？）

马猛地睁大了眼睛。就在那一刹那，耳朵冷得都痛起来了，寒气从脚底下嗖嗖地冒了上来。

"没想到大雪会来得这样早！"耳边响起了农夫的声音。

（雪？）

马突然扭头朝身后看去。

白菜山上，是雪山。那个姑娘怎么也看不见了。清醒过来一看，围巾、长筒皮靴和项链都消失了。马身子都湿透了。

"嗨——嗨——白菜送来喽！"

突然，身后响起了农夫的声音。到城里了。

马又高兴起来，加快了脚步，扑闪扑闪地眨巴着眼睛。长长的睫毛上，开出了美丽的白色的雪花。

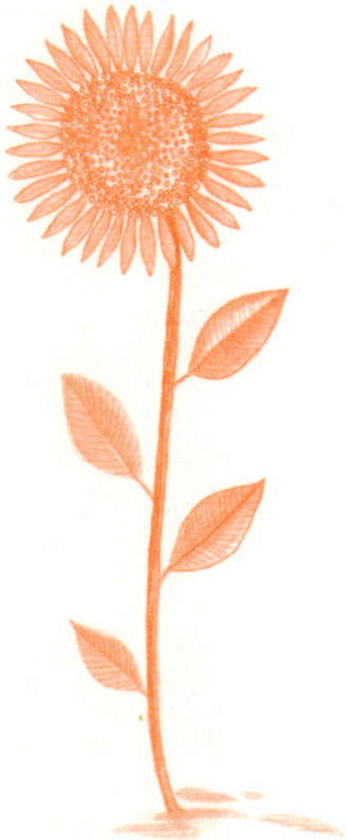

黄昏的向日葵

可是，从舞着的脚底下，
蹿起了比太阳还要红的熊熊火焰，
烧着了裙子。
不管怎么扑，
一蹿而起的火焰，
还是把女孩的幻想变成了可怕的东西。

向日葵是黄昏时做梦。

"这么急,到哪里去?"
一天在梦中,向日葵叫了起来。眼前跑过一位少年。
"喂,到哪里去呀?"
然而,少年连头都不回,从贴着河边的路上跑了过去。向日葵目不转睛地看着少年的背影渐渐地小了下去,渡过远远的一座桥,消失在华灯初上的城市的方向。少年好像是听不见花的声音,好像是听不懂花的话。可尽管如此,向日葵还是已经连续好几天做同样的一个梦了,用同样的话呼唤过少年了。而那时候,它就会想,要是变成一个人就好了。

一天黄昏。
向日葵在梦中变成了一个有生命的女孩。
穿着鲜艳的黄衣服,戴着宽檐的帽子,虽然一点也没化妆,但皮肤却闪闪放光,嘴唇红红的,眼睛是淡蓝色的。
捂着咚咚地跳个不停的胸膛,向日葵女孩一动不动地站在河边上。还微微发红的西边的天际,飞过一群小鸟。河水满载着黄昏的颜色,慢慢地流淌着。远远的桥上,车子一辆接一辆地开了过去。接着,从那边的大楼群开始,灯一盏接一盏地亮了起来。

向日葵女孩想，啊啊，我要是能去那里就好了！要是和他一起，跑过堤坝的路，跑过桥，一直跑到那座城市里就好了——

可是，花即使是在梦里头，也绝对不能自由地动来动去。女孩就那么伫立在堤坝的同一个地方，侧耳聆听着。恰好到了6点（一到这一时刻，最高的那幢大楼上的钟就会敲响）的时候，身后传来了一个奔跑的声音。

"来了，来了。"

女孩害怕了，不由得闭上了眼睛，止住呼吸，当少年从眼前经过的一瞬间，终于发出了嘶哑的声音：

"这么急，到哪里去？"

少年一下停住了。

女孩战战兢兢地睁开了眼睛。雪白的衬衫在眼前闪亮。少年那苍白的脸直直地对着自己的方向：

"哪里……"

少年惊讶地结巴起来。

"你听到了？"

女孩跳了起来。

"你听到我的声音了？"

向日葵女孩快乐地笑了起来。女孩的心中，立即就唤起了一种正晌午的欢乐。那种沐浴在夏天灿烂的阳光下、不停地笑着的黄花的快乐，在女孩的全身弥漫开来。

"喂，告诉我呀，总是这么急匆匆地到哪里去呀？"

于是少年低声飞快地答道：

"去见一个人。"

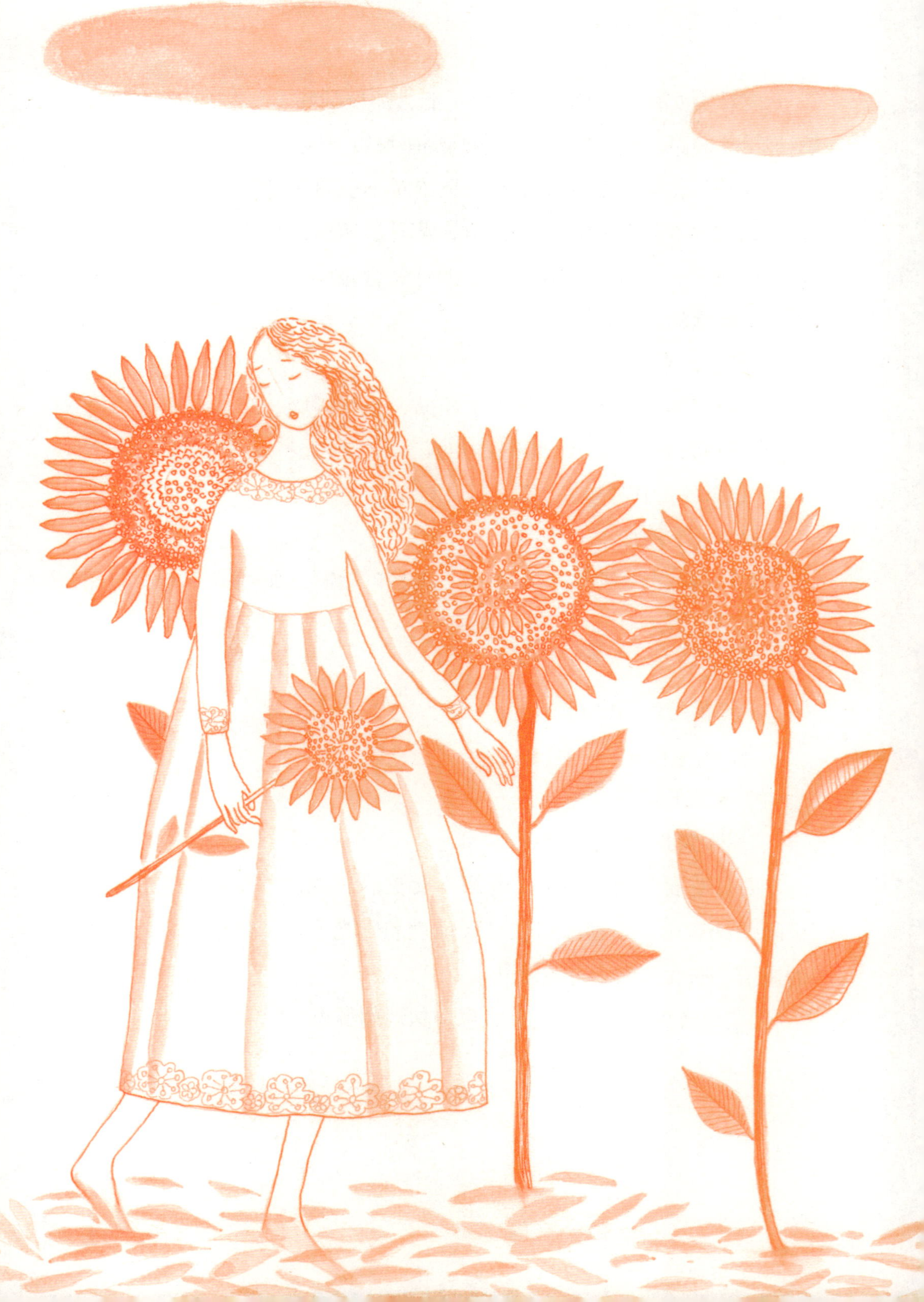

"一个人？谁？"

"一个跳舞的少女。"

"是你喜欢的人吗？"

"是。在那个城市的剧场里，每天晚上穿着黄色的衣服跳舞的少女。"

"黄色的衣服？像我这样？"

"是。我是她的舞迷呀！可是，我没有钱，进不了剧场，只能等在剧场的后门，看着她进后台。只能那么看一眼。"

丢下这句话，少年跑了起来。向日葵女孩还愣在那里发呆，少年的身影已经变成一个小小的点了。

（怎么心惊肉跳的呢！）

向日葵女孩想。

（这少年有点不大对劲儿。）

是的。简直就像是在说梦话一样，那嘴，还有那双一边冲自己说话，一边望着远方的眼睛……

（觉得他像一个死人，要不就是要干什么可怕的事情似的。）

向日葵女孩这样想着。泛着淡紫色的河水，映出了城市的灯火，一起一伏。

我要是能变成一个跳舞的少女就好了，向日葵想。自己那穿着黄色的裙子翩翩起舞的身影，浮现在了女孩的眼前。可是，从舞着的脚底下，蹿起了比太阳还要红的熊熊火焰，烧着了裙子。不管怎么扑，一蹿而起的火焰，还是把女孩的幻想变成了可怕的东西。

嗒、嗒、嗒、嗒……

那之后过去了多长时间，才又听到了在堤坝上奔跑的声音呢？

（啊啊，他回来了！）

女孩呆呆地想。

随着越来越响的脚步声，她清楚地看见了少年那白色的衬衫。接着，就传来了少年粗粗的喘息声。

（可是，怎么了呢？为什么他回来也要跑呢？）

桥那一带响起了警报声，正想着，少年"砰"地撞到了向日葵女孩的身上。

"救救我！救救我！救救我！"

少年低声这样尖叫着。

怎么了？到底……就这样，女孩是问了呢，还是什么也没说，就呆呆地立着？

"他们在追我！"

少年这样叫道。那双眼睛恐惧地大睁着。女孩马上用沉着的声音说：

"躲起来！那里泊着一艘小船，躲到那里面去！"

女孩知道，就在堤坝下头，有一艘被人抛弃的小船浮在那里，是一艘斑驳、破旧的小船，一艘偶尔会有海鸥歇歇脚、快要腐烂了的小船。

瞅着点点头、往堤坝下跑去的少年的背影，女孩说：

"把衬衫脱了！然后紧紧地趴到小船里！"

这时，向日葵女孩仿佛觉得自己成了少年的母亲或是姐姐。

就是舍命也要保住他……

这么想着，她像祈祷似的低下头时，女孩看到了自己脚下的一

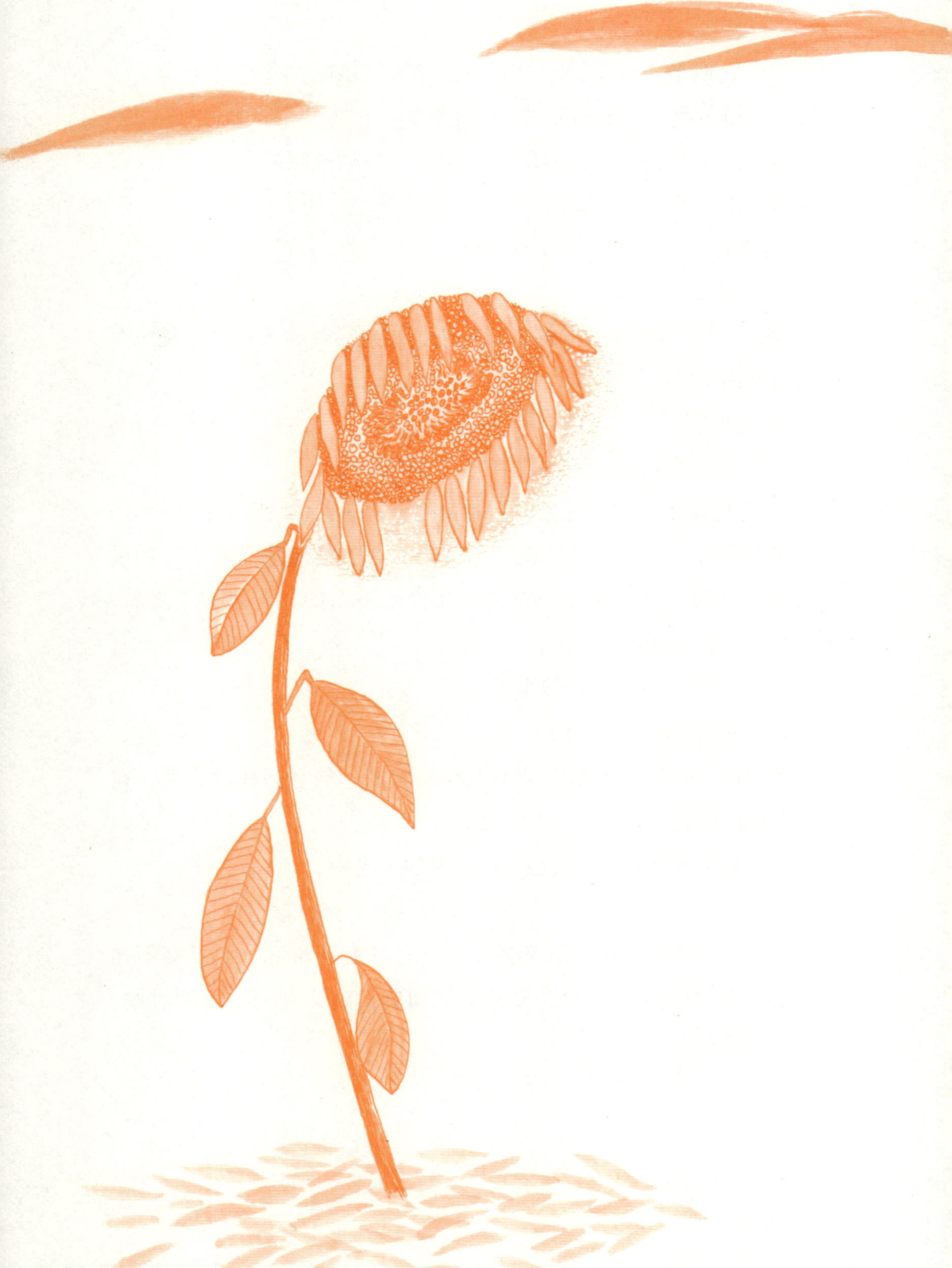

把匕首。它似乎染着血，不会是自己神经过敏吧？女孩弯下身，一把将匕首捡了起来，藏到了裙子的兜里。

那之后又过去了多长时间，才响起了吵吵嚷嚷的人声，一大群人晃动着手电筒冲了过来呢？

"有个穿白衬衫的男的过去了吗？"

一个人问。

"刚才剧场的一个跳舞的少女被刺了。在后台的入口处，是一个疯狂的舞迷干的！"

"那边！"

女孩突然朝河的上方一指。

"往那边跑了。顺着这条堤坝的路跑了！一直往前跑了！"

这样沉着、一字一句地说完，女孩的心中慢慢地涌起了一种说不出来的喜悦。目送着那一大群人朝自己手指的方向跑去了之后，女孩冲着小船天真烂漫地说：

"喂，没事了呀，已经没事了呀。"

就好像在玩捉迷藏的孩子。

然而这个时候，少年已经不在小船里了。空空荡荡的小船，在草丛中轻轻地摇晃着。

向日葵女孩就那么久久地立在朦胧的波光中。

这件事，是发生在黄昏的梦里头呢，还是真事呢？向日葵不知道。结果直到度过了那个夏天它也不知道，到了夏天结束的时候，它蔫了，枯萎了。

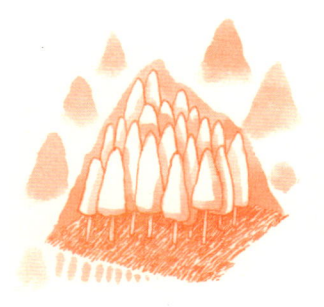

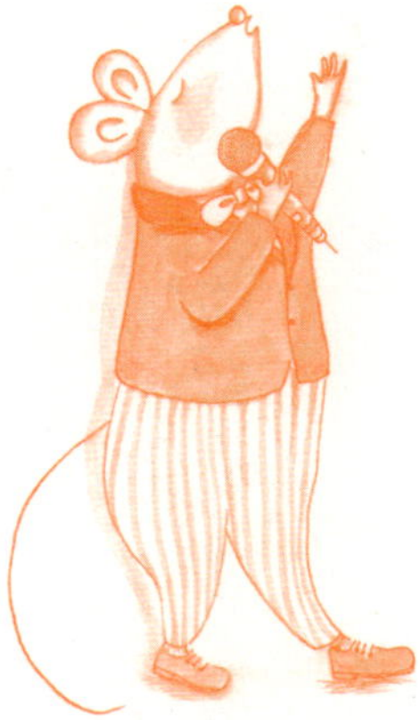

西风广播电台

恰好在这个时候,
风『嗖』地一下吹了过来,
三只老鼠的前头映出了一个长长的男人的影子。
接着,那个影子突然开口说话了——

三只老鼠，决定成立一个合唱团。

一只白老鼠、一只黑老鼠和一只灰老鼠。以前三只老鼠一直在阁楼上、墙缝里，分别悄悄地唱着歌，这回，他们想走向社会了！

走向社会！

这可是一件好事，不过，既需要钱，又必须努力才行。

三只老鼠每天凑到一起，嘀嘀咕咕地商量着。

"不管怎么说，练习是第一哟！"

白老鼠说。

"不，应该先去求广播电台。歌唱得再怎么好，没有个演出的地方总是白搭。"

灰老鼠说。

"不不，说什么呀，首先是西装啊。我们三个应该穿上一样的漂亮无尾晚礼服。"

这是黑老鼠的意见。

三只老鼠晚上连觉也不睡，互相说着这件事。结果，决定首先做西装。实际上，这三只老鼠都非常喜欢打扮，已经渴望无尾晚礼服很长时间了。

"我有个亲戚，住在一家西装店里，"白老鼠说，"如果是旧衣服的话，可以很便宜地卖给我们。"

但黑老鼠摇了摇头：

"不，因为这是我们首次登台的服装，应该到一流的店里去定做。"

就这样，一天夜里，在黑老鼠的率领下，三只老鼠来到了后街的一家西装店。这当然是一家人类的西装店，玻璃门上写着"缝制高级绅士服"。

店里头，店主老爷爷戴着圆圆的无边眼镜，正在踩着缝纫机。

三只老鼠"一、二、三"地齐心协力去推玻璃门，可那扇门，连动也没有动。

"好，那就从窗子里进去！"

黑老鼠下达了命令。三只老鼠哧溜哧溜地向窗子绕去。

谢天谢地，窗子正好开着一道小缝。花盆里的樱草在风中摇动着。三只老鼠在它后头排成一排，齐声说：

"晚上好！"

非常动听的合唱。店主停下手中的活儿，瞅着窗子的方向。然后，出神地嘟哝道：

"嚄，樱草唱歌啦！"

听了这话，灰老鼠叫喊道：

"什——么呀，我们是老鼠合唱团呀！"

然后，三只老鼠冲到店主面前，排成了一列。

"晚上好！"

"哇……"

店主摘下了无边眼镜，端详着三只老鼠。

"我还以为是谁呢，这不是老鼠吗？三只一起来，有什么事吗？"

于是，黑老鼠代表另外两只说：

"这回，我们成立了一个合唱团。所以，我们想新做一样的无尾晚礼服。"

"无尾晚礼服?"

店主忍住了没有笑出声,鼻子动了动,说:

"这可太了不起了!不过,你们究竟是在什么地方演唱呢?是公馆、剧场,还是上电视呢?"

黑老鼠大着胆子流畅地说:

"是收音机的音乐节目,广播电台已经来邀请了。"

"这可叫人吃惊了。"

店主摊开双手,夸张地做了一个吃惊的样子。这话,连白老鼠和灰老鼠也是头一次听到,佩服极了,他们想,不愧为黑老鼠啊,就是行!

店主把挂在脖子上的卷尺取了下来,说:

"原来是这样。那么,不做衣服可就不行了。"

其实,店主早就想做新衣服了!

虽然店门上写着"缝制高级绅士服",然而实际上,顾客都被大商场吸引过去了,来这个店里的,不过都是一些修修补补的活儿。锁个扣眼儿啦,换条拉链啦,改个裤子长短啦,店主一天天净干这样的活儿了。所以,偶尔就会想着做做漂亮的西装了。

(老鼠也是顾客啊。而且一次就是三件,少有的机会呀!)

店主想。于是,恭恭敬敬地说:

"那么,请让我来量一下尺寸吧!"

三只老鼠一个挨一个爬到缝纫机上,让店主量了尺寸。量完了,店主恭恭敬敬地说:

"3月20日过午,就可以做好了。"

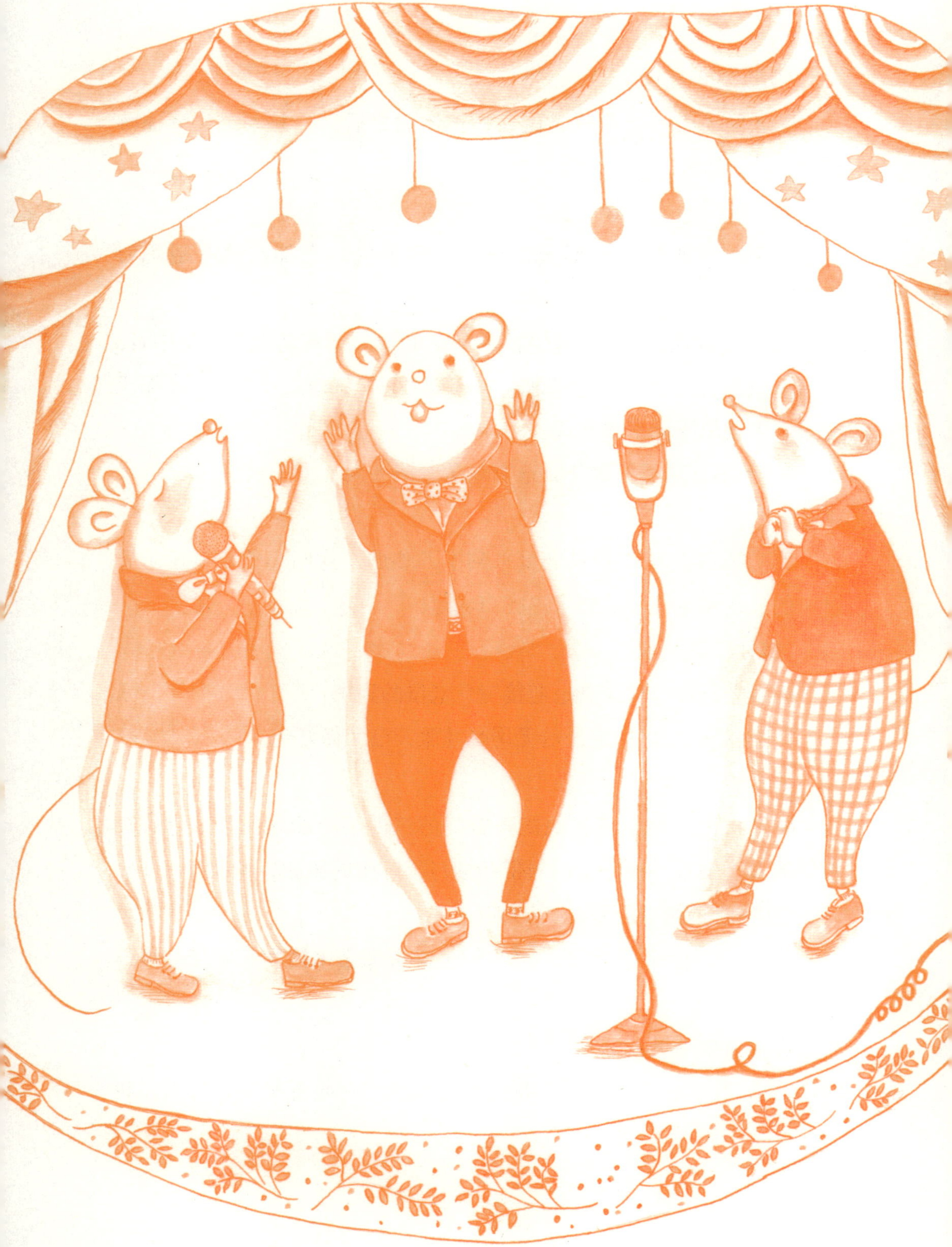

"那么就拜托您了。"

黑老鼠代表另外两只老鼠表达了谢意之后,三只老鼠又哧溜哧溜地出到了店外。

然后,到西装做好那天为止,三只老鼠一直都在热心地练习唱歌。

白老鼠唱的是高音,黑老鼠唱的是低音,而灰老鼠唱的是中音。三只老鼠练得不停地舔水果糖,嗓子都疼了。这样,3月19日那天晚上,黑老鼠压低了嗓音说:

"这下不要紧了,到什么地方唱歌也不丢人了。"

3月20日过午,三只老鼠来到了西装店。这回仍然是从窗子里进来的,在樱草花盆的影子里齐声叫道:

"您好!"

店主老爷爷非常认真地迎接三只老鼠的到来:

"欢迎光临。你们定做的无尾晚礼服,已经做好了。"

是真的!

缝纫机上,整整齐齐地搁着做好的三件小小的黑西装,等着穿它们的人。而且,连配套的领带和袖口装饰用的纽扣,也准备好了。

白老鼠一看,高声发出了尖叫:

"什么都为我们备齐了,可我们也没有那么多钱啊。领带和袖口纽扣……"

店主微微一笑:

"不,钱就算了吧!这是我的贺礼,你们在收音机里好好唱,我会听着的啊。快点出名吧！"

听到这里，三只老鼠感动得热泪盈眶。白老鼠哭得太厉害了，一脸的泪水。

三只老鼠穿上一样的无尾晚礼服，系上领带，用合唱作为谢礼：

"我们决不会忘记您的恩情。"

三只老鼠穿得漂漂亮亮的，跑到店外，聚到一起，嘀嘀咕咕地互相说了起来：

"这下可麻烦了。"

"什么上收音机的音乐节目，你说谎了。"

于是，黑老鼠"砰"地拍了拍胸脯：

"说什么哪，这不是正要去广播电台提出要求吗？"

"行吗？真的能让我们唱吗？"

"行啊，我们不是那样卖力地练习过了嘛！"

黑老鼠傲气十足地抖了抖胡须，出发了。

向着中央广播电台那高高的电视塔——

中央广播电台的门，也是玻璃门，三只老鼠"一、二、三"地齐心协力去推玻璃门，可那扇门，连动也没动。

"绕到后面去！"

黑老鼠下达了命令。三只老鼠哧溜哧溜地向后门绕去。

广播电台的后门，一个戴着黑帽子、困得挺不住了的老头子正在打哈欠。表指向4点30分。

再过一会儿，就下班了。

"春天的黄昏，无聊得让人发困呢！"老头子嘟哝道。

这时，脚边突然响起了奇怪的声音：

"您好！"

像闹钟突然响了起来似的，老头子浑身一颤。

然后，往下一看，叫道：

"这——是怎么回事，这不是老鼠吗？"

"您好！"

三只老鼠又合唱着打了一次招呼。老头子眨巴着眼睛，嘟哝道：

"打扮得可真漂亮啊！"

于是，黑老鼠代表大家说：

"我们是合唱团。我们想到这里的广播电台去唱歌。"

接着，灰老鼠说：

"行吗？是收音机的音乐节目。"

然后，白老鼠说：

"我们练习好长时间了，绝不输给任何人。"

听到这里，老头子抱着肚子笑了起来。那笑声，简直就像雷电一样落到了三只老鼠的脑袋上。

"哇哈哈哈，老鼠想上收音机？我还是头一次听说哪，哈哈哈哈。"

"……"

三只老鼠的胡须哆嗦着，好一会儿什么也没有说。连做梦也没有想到，会被这样嘲笑一顿。过了一会儿，灰老鼠才结结巴巴地说：

"请、请不要说那种话，请听我们唱一首歌。"

想不到老头子不耐烦地摆摆手，说：

"我这里忙着哪，哪有闲工夫听什么老鼠的歌！再说了，又没有伴奏，能唱出什么好歌来。"

"伴奏！"

三只老鼠互相看了一眼，倒没想过这事。唱歌还要有伴奏啊。老头子傲气十足地问：

"谁弹吉他呢？"

三只老鼠默默地低下了头。

"有弹钢琴的吗？"

三只老鼠轻轻地摇摇头。

"那你们有钱请乐队吗？"

三只老鼠瞪着红红的眼睛，都快要哭出来了。老头子打了一个哈欠，说：

"那样的合唱团，到哪里去也不行啊！"

然后，瞅了一眼手表，说：

"啊，已经到了关门的时间了，快回去吧！"

三只老鼠垂头丧气地离开了广播电台。

夕阳把这一带照得红红的。

三只老鼠在林荫道的一边排成一列，吧嗒吧嗒地走着。

好不容易做的无尾晚礼服、一样的领带，还有长时间的练习，全都泡汤了。滴答滴答，懊悔的眼泪落在了路上。

恰好在这个时候，风"嗖"地一下吹了过来，三只老鼠的前头映出了一个长长的男人的影子。接着，那个影子突然开口说话了——

"如果可以的话，就到我们的广播电台来唱歌吧！"

前头的黑老鼠连头也没抬，答道：

"我们刚刚被中央广播电台给拒绝了，说是没有伴奏，不行。"

于是，长影子说：

"不，不用担心伴奏，因为我们有乐队！"

"嗨，那您究竟是什么地方的广播电台呢？"

影子回答：

"西风广播电台。"

三只老鼠一齐抬起了头，想看看那个人，但是一个人也没有。也就是说，只不过是一个影子。是的，那个人只不过是一个影子。

"我是西风广播电台的台长。从刚才起，我就在听着你们的讲话。无论如何，请你们成为我们的专属合唱团。"

"专属是什么意思？"

白老鼠高声问道。

"也就是说，只为西风广播电台唱歌。我会给你们足够的月薪的，当然了，还有伴奏！"

听了这话，三只老鼠高兴得跳了起来，然后七嘴八舌地问：

"谁来为我们伴奏呢？"

于是，西风广播电台的台长严肃地说：

"夕阳下山的声音怎么样？'霎、霎、霎霎'的。"

"夕阳下山的声音！"

"霎、霎、霎霎！"

"这可太好听了！"

三只老鼠开心极了，然后，一齐看了一会儿正在下山的夕阳，不约而同地点点头：

"好，就定下来去西风广播电台了。"

台长说：

"那么就直接去广播电台吧！"

"它在哪里呢？"

灰老鼠问。

"让我当向导吧。稍稍有点远，请跟我来。"

台长向西走去。

三只老鼠跟在后面。

三只老鼠的脚步格外轻快。一想到马上就能上收音机了，再怎么远，也能忍受了。

只有一个长长的影子的台长，和三只穿着无尾晚礼服的老鼠，穿过大街，穿过公园，又过了桥。穿过原野上一条细细的小路，走过沼泽。只是一个劲儿地向西前进。

那以后好几天过去了，一天深夜。

那家西装店里，老爷爷还戴着圆眼镜在干活儿。老爷爷的活儿，还是换换纽扣、补补口袋。窗子边上，樱草在夜风中摇摆着。

突然，店主记起了那几只老鼠的事。

（怎么样了呢？穿戴整齐地出去了，也不知歌唱得顺利不顺利？）

店主打开了收音机。正在播送这一天最后的新闻。稍稍转了转调谐度盘，另外一个台在播送广播剧。再转一转，是英语。

"今天好像没有音乐节目。"

店主开始把调谐度盘往回转。

但就在收音机的指针转到零数的时候，喧嚣着的杂音中，突然听到了歌声。

（咦呀！）店主竖起了耳朵。

是合唱。非常动听的三重唱。太像了，店主想，和上回三只老鼠一齐说"您好"时的声音像极了。

　　店主想把收音机的音量开大一点，可杂音也大了起来。中央广播电台的新闻也叠到了一起。

　　（这是什么台呢？）

　　店主歪着脑袋想。尽管如此，他还是觉得这合唱确实是那几只老鼠的声音。

　　那是这样的歌：

"我们是西风三重唱，
迎着下山的夕阳前进。"

　　"霎、霎、霎霎"，响起了伴奏的声音。
　　"是这样啊，西风三重唱，这个名字起得好。"
　　店主开心起来，摇着头，一起唱了起来。

"我们是西风三重唱，
迎着下山的夕阳前进。
霎、霎、霎霎。
霎、霎、霎霎。"

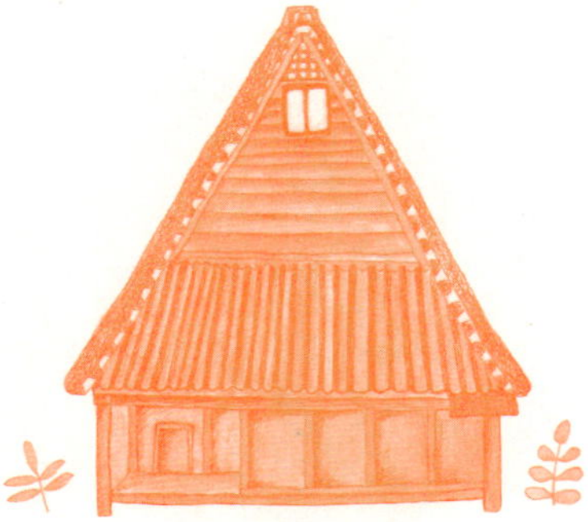

有天窗的屋子

我如痴如醉地眺望了这些美丽无比的东西片刻,冷不防伸出手,试着去摘那最小的一朵银色的花。
于是,花的影子被我捏住了。

好些年前去山里的时候，在一幢有趣的屋子里投过宿。

那是朋友的别墅，是一幢有点像山小屋风格的建筑，不过，那屋子有个天窗。

天窗真好。一到夜里，从天花板上那个被切成正方形的窟窿里，看得见星星，看得见月亮，看得见流走的云。因为那房子的天窗镶着一块透明的玻璃，所以白天虽然有点晃眼，但晚上，却能遮蔽雨露，暖烘烘地有一种在野外宿营的感觉。

一开春，我一个人在那屋子里住了三天左右。当我被各种各样的悲伤压着，精神几近崩溃，不想再活下去的时候，一个好心的朋友劝我来到了这里。

"在我的山小屋里静养一段时间吧！这会儿，一个人也没有，安静不说，院子里的辛夷花开了，漂亮极了。"

当我看到那株覆盖了小屋的半个屋顶、枝繁叶茂、开满了白花的辛夷树的时候，我长舒了一口气，感觉终于来到了一个能慰藉心灵的地方。

屋子里有一个小厨房，我在那里做一个人的饭。或从河边采来水芹，做成酱汤，或把八角金盘的嫩芽裹上面粉油炸，或凉拌不知道名字的绿叶子。白天听小鸟叫，夜里眺望着天窗外面的天空进入梦乡。

就这样，到了第三天的晚上——

那天夜里,恰好是满月。从天窗里射进来的月光,分外明亮,我觉得自己就好像坐在海底上似的。

辛夷树的影子,清晰地落到了铺在天窗正下方的被子上。

我还是头一遭看到树的影子这样鲜明,简直就如同工笔画一样地映了出来。当有风吹过的时候,即使是仅有几朵花簌簌作响,被子上的影子也会摇晃起来。就连最远的那根树枝尖儿上的花骨朵儿的影子,也会静静地摇晃起来。突然,影子中仿佛飘出了花朵们的笑声。

"太美了……"

我两手撑在被子上,细细地瞅着影子。我情不自禁地伸出手,去摸影子的花。

于是,发生了什么事呢?我仅仅是摸了一下那饱鼓鼓的花的影子,它就带上了一点银色。我吃了一惊,又去摸别的花的影子。结果,那些个影子也"嚓"地放出了银色的光,就好像是花丛中星星一颗接一颗地亮了起来。

我走火入魔地摸起新的影子来了。落在被子上的影子,总共有三十个吧!我从一头摸起,当所有的影子都染成了银色的时候,我的心中充满了难以形容的感动。我如痴如醉地眺望了这些美丽无比的东西片刻,冷不防伸出手,试着去摘那最小的一朵银色的花。

于是,花的影子被我捏住了。

夹在我手指之间的影子,还是花的形状。而且,依然是那种魅幻般的银色。

"哇啊,妈妈,不得了!我抓住花的影子啦!"

我情不自禁地这样喊了起来。

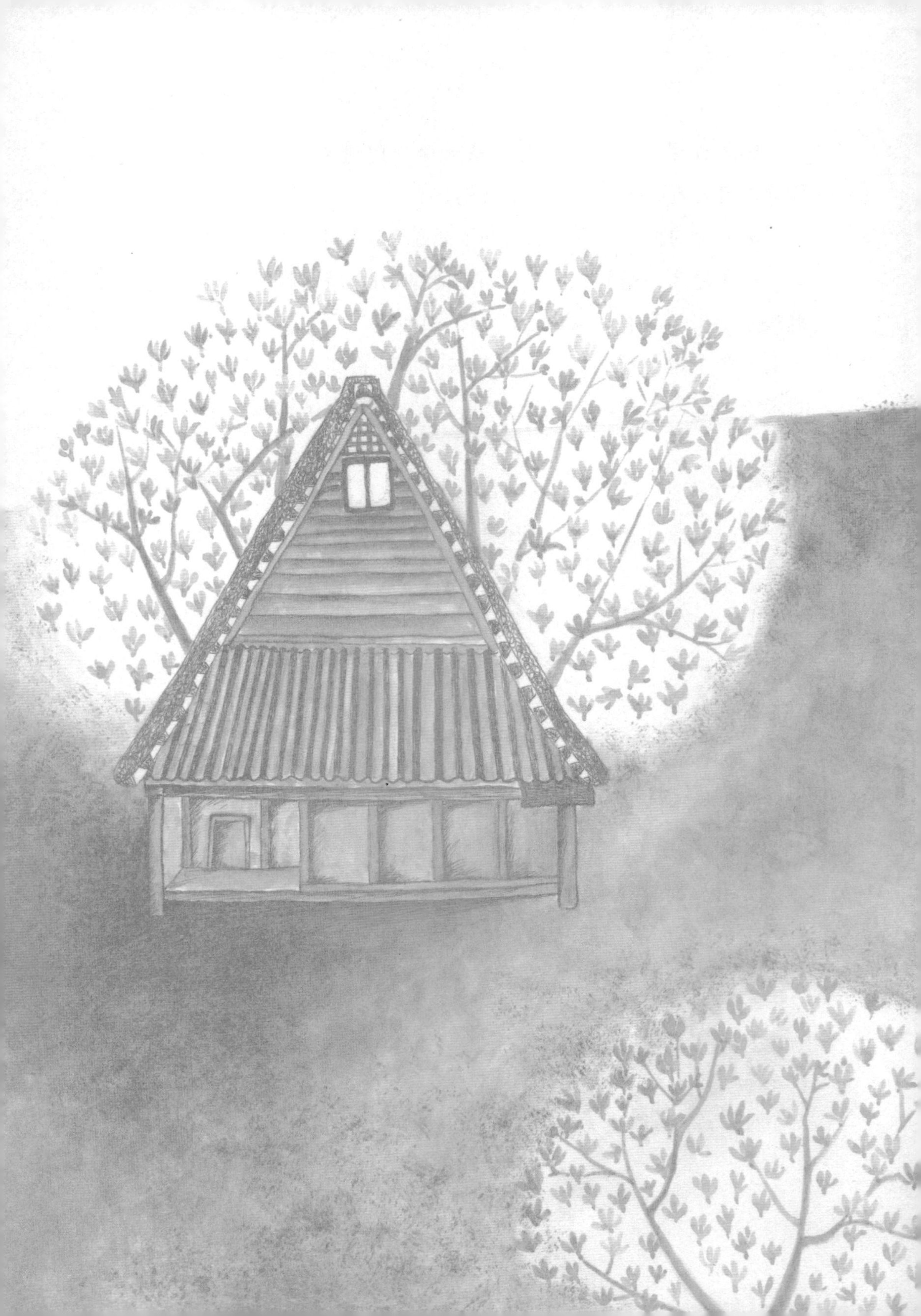

为什么这个时候,我又犯了儿时的毛病呢?我是最小的一个孩子,以前,不管是高兴也好,吓着了也好,必定要"哇啊,妈妈"地大喊大叫……当我想起来妈妈三个月前去世了的时候,头突然一阵昏眩,我闭上了眼睛。一股奇妙的悲伤涌了上来,我快要流泪了。啊啊,月亮在天窗上看着我,看着要哭出来的我在笑……这么一想,我睁开了眼睛,被子上的花的影子,又回到了毫无变化的灰色。我沐浴在天窗下面的灰色的影子里,像落网的小鱼一样,坐在那里。

我顿时就喘不过气来了,一骨碌躺倒了。于是,接二连三地回忆起了以往的悲伤与烦恼。我一边眺望着天窗对面的大大的月亮,一边想,要是不下山,就这样永远地眺望着天空好了。然后,不知不觉地睡着了。

不过第二天早上一醒过来,吃了一惊。

因为我手上紧紧地捏着昨天晚上的影子。

那是一个呈花的形状、银色的东西。虽然说是银色,但发出的是旧银子的暗淡的光,特别薄,对了,薄得就像铝箔一样。

"太让人吃惊了……"

我重重地叹了一口气。被从天窗射进来的朝阳一照,房间里的树影虽然还在晃动,但那不过是普通的影子,再怎么揉搓,再怎么想抓起来,都没有用了,只有这个沐浴着昨天晚上的月光落下来的影子……

我把花的影子托在手上细细地看过之后,轻轻地装到了衬衫的口袋里。

自从把一片花的影子占为己有开始,我的耳朵就变得能听到一种不可思议的声音了。只要我待在那个屋子里头，不论是做饭也好，读书也好，躺着也好，上方总会有一个细细的声音在呼叫：

"还回来，
还回来，
把影子还回来。"

这时，我吃惊地仰起头，是白色的辛夷花在天窗上晃动。
（树在看着我啊。）
这种感觉让我吓了一跳。自从来到这里以后（又岂止是来到这里以后呢，生下来以后还一次也没有过），我对于"树"并没有什么特别的意识。至于树会呼唤人、会盯着人看，连想也没有想过。然而这一刻，对于我来说，辛夷树却变成了有生命的对象。

我坐在天窗的正下方，仰着头，试着"喂"地招呼了一声。结果，发生了什么事情呢？

"干吗？"

辛夷树说话了。

"啊、啊，为什么能抓住影子呢？"

树回答：

"是月亮在恶作剧哟！"

见我愣在那里发呆，辛夷树用甜美的声音继续说：

"月亮特别喜欢这个天窗呀！因为昨天晚上是满月，就干了那种事情，把我的影子施了魔法。可也没想到会有人把它给揪下来啊！"

"对不起。因为那时花的影子实在是太好看了，不知不觉……"

我低下了头。于是，树发出了有点尖的声音：
"可我好为难啊。影子被拿走了，那个地方好痛啊！"
"哎，是真的吗？"
"是的呀。虽然你会觉得那不过是一朵花的影子，但养分会从那个地方跑出来，有时整株树就完蛋了。"
我想，这下可闯祸了。辛夷树一边在风中摇动，一边说：
"今天晚上，请还回来吧！"
见我不吱声，它又叮嘱了我一遍：
"今天晚上月亮出来，我的影子一映到地上，就务必把它还回到原来的地方呀。"
我点了好几次头。

有时会有这样的事情，一开始还没觉得怎么样的东西，可真让你撒手了，却又突然舍不得了。自从树说把花的影子还回去之后，我就怎么也不想撒手了。

那花的影子越看越漂亮。什么地方的珠宝店，才会有这么美丽的银色的东西呢？把它轻轻地贴到胸前，树的生命就朝自己这边流了过来似的。贴到耳朵上，就能听到树的温柔的声音似的。

当把花的影子紧紧地攥在手心里的时候，我下定了决心。

尽快离开这幢小屋！既然已经决定把它拿走了，就绝对不能再沐浴着那魅幻般的树影子，再在天窗下面睡一个晚上了。那么，就趁早下山吧……

我急忙收拾起行李，穿起衣服来了。啊啊，树在上头盯着我哪——这么一想，我手脚就吓得冰凉了。我顾不上了，把衣服和书往箱子里一塞，管它呢，以后再整理吧，就冲了出去。"砰"的一声关上了门，在关上了的门前才一抬起头，就迎面撞上了辛夷树。我连忙低下头，屏住气，看也不看它一眼，从它前面跑了过去。

然而，还没跑出十步，那细细的声音就从身后追了上来。

"还回来，
还回来，
把影子还回来。"

我像是要抖掉那个声音似的，一边用力摇头，一边跑。帽子吹飞了，珍珠花踩烂了，好几次险些摔倒了，可我还是在飞跑。

"还回来，
还回来，
把影子还回来。"

那个声音，直到我下了山，来到巴士车站，还紧追不舍。

幸运的是，一个小时只有一趟的巴士，恰好在这个时候来了。我不顾一切地冲上了巴士的踏脚板，一屁股坐到了最前头的座位上。巴士马上就发车了，飞速奔驰起来。靠在座位上，我按住悸动的胸口，兴奋一点点地消退了。于是，我就觉得小屋所发生的一切，都仿佛是幻觉一般了。树开口说话，怎么可能有那样的蠢事呢？拾到影子，怎么可能有那样的怪事呢……然而，那个闪耀着暗淡银光的花的形状的东西，就正装在我的衬衫的口袋里，我不知道这应该如何解释。

回到家里,我用一根细细的链子把花的影子穿上,当作护身符,挂到了脖子上。我怕一不留心把它放到了抽屉里,就那么消失了。

这样过去了几天,我慢慢地恢复了健康,心情也好多了。周围的人看到我这个样子,都说亏得去了山里。

不过,无论如何,我也不认为我身体中洋溢出来的不可思议的朝气,是因为去了三四天山里的缘故。

以前我早上一起来,就头昏脑涨的,可自从脖子上挂上了花的影子以后,一看见从木板套窗的缝隙里透进来的阳光,就兴奋起来了。遇到人,也会笑着打一声招呼了。工作也顺利起来,灵感一个接着一个。吃饭也香,晚上也睡得好了。是的,所有的一切都好得不可思议了。

不久,我就结婚了,还有了孩子,有了自己的一座小小的房子。

这样有一天,我碰到了好久不见的那个山小屋的主人。

聊了一阵近况之后,我轻声说:

"真想念那个有天窗的屋子!"

想不到,朋友却说出了这样让人意外的话来:

"那个屋子啊,去年已经坏掉了。"

"怎么会……"

见我一脸的不解,朋友答道:

"伤痕累累啦!"

"哎?是被白蚁蛀了吗?"

"是树哟!那株辛夷树哟!"

接着，他告诉我：

"屋子紧挨着大树，可真是不好啊！每年落下一大堆叶子，把雨水管都堵死了，屋子破坏得很厉害。虽然经常修理，可那叶子掉得也太吓人了，细细一查，才知道那株树生病了。"

"……"

"当发现的时候，已经烂了，树干已经成了坑坑洼洼的空洞了。这还不算，上次刮台风时，树枝又喀嚓一声折断了，落到了屋顶上，把天窗彻底砸坏了！"

我不由得闭上了眼睛，憋住气，只嘟哝了一句：

"果然……"

还回来，还回来，那个声音又在我的耳边复苏了。而我这时清清楚楚地知道了，就因为我从一片花的影子里得到了树的养分，重新站了起来，树却死了。

"我干了对不起的事啊……"

我轻声地自言自语。

于是，我的胸口突然热了起来，充满了一种说不出是悲伤还是感动的回忆。就好像天窗上晃动着的那一大片雪白的花，原封不动地移到了我的心里，又接着燃起了白色的火似的。

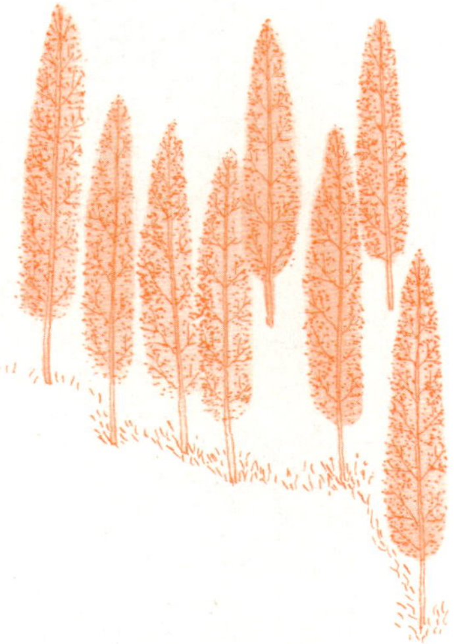

谁也看不见的阳台

木匠师傅，来迎接您了。
不想坐着天空颜色的阳台，
去一个遥远的地方吗？

某个小镇上，有个心眼儿特别好的木匠。

不管人家求他干什么，他都一口答应下来。比方说，就像这样：

"木匠师傅，我们家的厨房需要做一个架子。"

"行啊行啊，这很简单。"

"昨天的暴风雨把栅栏刮倒了，能想个办法吗？"

"这不是让您犯愁了吗？我这就去给您修吧！"

"孩子想养兔子，所以想盖一个小房子。"

"好好，等我找时间去盖一个吧！"

木匠虽然还非常年轻，但却技高过人。如果他想干的话，就是一幢大房子也能盖得起来。可怎么说呢，他是一个老好人，一天到晚净干这种没有报酬的芝麻小事，所以木匠总是穷得叮当响。

这是一天晚上发生的事情。

木匠睡在二楼的房间里，来了一只猫，把玻璃窗敲得咚咚响。

"木匠师傅，晚上好！请起来一下。"

猫彬彬有礼地招呼道。窗户那边，圆圆的月亮露了出来，猫冲着月亮伸直了尾巴。

一只雪白的猫，两只眼珠子是橄榄的果实一样的绿色。被那双眼睛盯住了，木匠浑身打了一个冷战。

"哪里的猫啊？"

"什么哪里？野猫呀！"

"野猫……那身上的毛怎么这么干净呢？"

"是的，我特别打扮过了，因为有一个特别的请求。"

"哈，那又是怎么一回事呢？"

木匠把窗户打开了一道缝。寒风"嗖"地一下灌了进来，在那风中，白色的野猫用严肃的声音，一口气说道：

"想做一个阳台。"

木匠愣住了：

"猫要阳台！"

他叫道："那不是太过分了吗？"

于是，猫摇了摇头。

"不，不是我要。我是为了照顾我的一个女孩，来求您的。阳台的大小是一米见方，颜色是天空颜色，地点是槲树街七号。后街胡同里的一座小公寓的二楼，那个挂着白色窗帘的房间。"

说完了，猫的身影一闪，就蹿到了隔壁人家的屋顶上去了，就像融化在了黑暗之中似的，不见了。那之后，月光静静地洒了下来，瓦的屋顶看上去宛如一片大海。木匠"呼"地吐了一口长气，他想，我这不是在做梦吧？尽管如此，连猫都来找自己干活儿了，这到底是怎么回事呢？莫非说自己的手艺，连动物们都知道了……想着想着，木匠的身体不知不觉地温暖起来，坠入了温暖的梦乡。

可是第二天，木匠"嘎吱"一声推开窗户，落在电线上的一排麻雀异口同声地说：

"您要做阳台了，是吧？大小是一米见方，颜色是天空颜色，地点是槲树街七号。"

木匠扛着工具袋子，走在路上，这回是在树下玩着的鸽子说：

"您要为我们最喜欢的女孩做阳台了,是吧?地点是槲树街七号。"

木匠头都有点晕了。

(怎么回事?怎么好像突然就能听懂猫呀,鸟呀的话了似的……)

一边这样想,木匠的腿一边不由自主地朝向了槲树街。

槲树街是有那么一座公寓。

是一幢高楼后面的房子。二楼最边上的窗户,挂着白色的窗帘。

(啊,果然像猫说的一样。)

木匠佩服地仰头望着那扇窗户。

(不过,随便就做一个阳台,行吗?不会挨公寓房东一顿骂吗?)

这么一想,怎么样了呢?

"一点也不用担心。"

一个声音说。端坐在公寓屋顶上的,不正是昨天晚上的那只猫吗?猫一副高兴的样子,这样说。

"因为阳台是和天空同一个颜色。然后,我们再施上那么一点小小的魔法。这么一来,阳台就谁也看不见了。也就是说,就成了只有从里面才能看得见的阳台。"

猫一只手摸了一把脸。

"好了好了,请开始干活儿。女孩这会儿不在家。白天去打工了,晚上才回来,想让她'啊'地大吃一惊!因为我们一直受到她的照顾。她就是自己不吃饭,也要给我和小鸟们喂食。我受伤的时候,她给我涂药。麻雀的幼雏从窝里掉下去的时候,她捡回来精心养大。所以,作为谢礼,我们才想给这个煞风景的窗户做一个漂亮的阳台……"

听到这里,木匠已经来了劲头。

"好,我接受了。家里有旧木料,就用它来做一个非常可爱的阳台吧！"

木匠立刻干了起来。运来木料，用刨子仔仔细细地刨好，又量好尺寸，锯好，再爬到屋顶上，"咚咚咚"，上面响起了锤子的声音。

就这样，当木匠在大楼后面那终日不见阳光的公寓的窗户上，做好了一个天空颜色的阳台时，已经是黄昏时分了。是一个像玩具一般、涂上了漆的阳台。

啊，总算做完了，木匠一边想着，一边收拾好东西，开始顺着梯子往下爬。可就在这时，从屋顶上传来了猫的歌声：

"摘得到蔬菜的话花也盛开，

手够得到星星和云彩，

谁也看不见的美丽的阳台。"

木匠匆匆下到地面，仰头往上看去，他是想看看刚刚才做好的那个阳台。可是，啊啊，果然像猫说的一样，阳台连个影子都没有，如果说能看得见的东西，只有屋顶。

木匠摇了好几次头，揉了揉眼睛。然后他想：

（究竟是一个什么样的女孩，推开那扇窗户呢？）

木匠靠在昏暗胡同里的石头墙上，点燃了烟，等待着女孩的归来。尽管自己也知道靠在墙上吸烟的样子不怎么样，但木匠的眼睛，还是一刻都没有离开过公寓的窗户。

天彻底黑了下来，四下笼罩在一片晚饭的饭香之中的当口，那扇窗户"啪"地亮起了灯。白色的窗帘摇晃了一下，玻璃窗推开了。接着，一个长头发的女孩探出脸来。

一瞬间，女孩像大吃一惊似的朝屋顶看去，随后叫了起来：

"多么漂亮的阳台啊！"

然后，高高地伸出双臂，这样说道：

"傍晚的第一颗星星，到这里来！"

"火烧云，到这里来！"

然后，女孩的脸上露出了幸福的表情，好像她那白白的小手已经紧紧地抓住了星星和云彩似的。

然后又过去了几个月呢？

当寒冬结束、阳光变得略微温暖起来的时候，木匠家里收到了一个大包裹。包裹用天空颜色的纸包着，系着的带子，当然也是天空颜色的。

木匠纳闷地打开包裹一看，里面满满地装着新鲜的蔬菜。

有莴苣，有间苗间下来的菜，有洋芹菜，有卷心菜，有荷兰芹，有花椰菜……还附上了这样一张卡片：

> 是从阳台上摘的蔬菜
> 是给做阳台的人的谢礼

木匠瞪圆了眼睛。那个谁也看不见的阳台，竟能长出这么多真正的蔬菜呢！木匠立即把蔬菜做成了色拉。从那个魔幻一般的阳台上摘下来的蔬菜，又甜又新鲜，吃上一口，身体仿佛都透明了似的。

五月了。

当刮过的风送来了花和绿叶的气息的时候，木匠家里收到了一个中等大小的包裹。

木匠打开包裹一看，里面装着一箱鲜红、晶莹的草莓。而且，仍然还附着这样一张卡片：

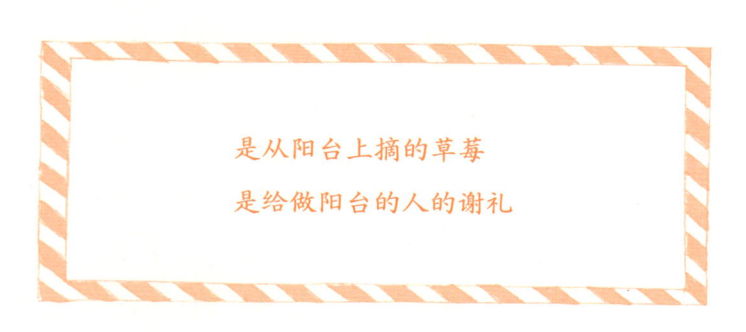

> 是从阳台上摘的草莓
> 是给做阳台的人的谢礼

木匠往草莓上浇了好多牛奶，吃起来。草莓凉凉的，鲜极了，吃上一口，身体仿佛都变得轻盈了似的。

接着这时木匠就想：

真想去一个遥远的地方啊！

少年时代那个在沙漠的正当中，建一座够得着星星的塔的白日梦，这会儿，又在木匠的胸中复苏过来了。

自己一个人住在这只能看得见屋顶的后街小巷的二楼里，有多少年了呢？在狭窄的工地，盖着一座又一座房檐贴房檐的房子，有多少年了呢……啊啊，真想飞到一个锤子的声音能"当"的一声在天地之间回荡的地方去啊……

一边吃草莓，木匠的心里，一边充满了对遥远的世界的憧憬。

六月了。

下个没完没了的雨停了，一个阳光突然变得又热又晃眼的日子，木匠家里又收到了一个包裹。

这回是一个细细长长的木头箱子，里头躺着好多红玫瑰。

> 是阳台上开的玫瑰
> 是给做阳台的人的谢礼

木匠把玫瑰拿回自己的房间，然后，这天晚上就在花香中睡着了。

"砰砰"，有谁在敲窗，轻轻的一个声音，木匠醒了。房间飘满了扑鼻的玫瑰花香。上回的那只白猫不知什么时候坐到了窗户外边，正瞅着这里。

猫静静地说：

"木匠师傅，来迎接您了。不想坐着天空颜色的阳台，去一个遥远的地方吗？"

"遥远的地方……"

木匠猛地朝外一看，哎呀，像船一样浮在天空中的，不是上回做的那个天空颜色的阳台吗？而且，它距离木匠家二楼的窗户那么近，一伸手就能够得着似的。

天空颜色的阳台上放着好几个大花盆，开满了红玫瑰。那缠绕在阳台扶手上的玫瑰的枝蔓上，长着小小的花骨朵儿。

站在怒放的花丛中的长发女孩，正在冲木匠挥手。女孩的肩膀上，停着许多鸽子。一大群麻雀，正在啄着玫瑰的叶子。

木匠的心，一下子明亮起来，胸中涌起了一种无法形容的喜悦。

"好，走吧！"

木匠把猫抱了起来，就那么穿着睡衣，从窗户冲到了外边。从屋顶上走过去，坐到了阳台上。

于是，阳台像宇宙飞船似的动了起来，向着星星、月亮和在夜空中拖得长长的紫色的云彩，慢慢地飞去了。然后，不知不觉地，就真的变得谁也看不见了。

红色的鱼

可是就在那一瞬间，雪枝有了一种奇妙的感觉，好像鱼的灵魂刚刚飞到什么地方去了似的。提心吊胆地睁开眼睛……

从刚才开始，鱼槽里的鱼就跳个不停。

为什么只有今天晚上，才听到这个声音呢？雪枝想。作为海边一家小旅馆的女儿，雪枝就是听着这厨房里的响声长大的。对于雪枝来说，明天就要被做成菜的鱼，在鱼槽里跳跃发出的扑通扑通声，就应该是一首愉快的摇篮曲。说是这么说，今天晚上雪枝却被那个声音烦恼得直到天亮都没有合过一次眼。

（是那条大鱼吧？是爹说的那条朝霞颜色的鲷鱼在跳吧？）

雪枝这样想。

明天雪枝家里，应该有一场很少见的婚宴。为了这场婚宴，雪枝的父亲干劲十足地出了一趟海，钓上来一条格外大、格外美丽的鱼。当它被放到鱼槽里的时候，雪枝想，明天，这么一条漂亮的鱼被摆上餐盘端到婚礼上，新娘子又该是怎样美丽的一个人呢？

可那条鱼的眼神好凄凉啊！雪枝又想，她骨碌翻了一个身。

这时，她觉得好像有谁在叫她似的：救救我！救救我！是一个小小的、不可思议的声音，像遥远的海的呻吟一般，像嘶哑的风声一般。

"谁？"

低声这样问。不过，雪枝清楚地知道是谁，是鱼槽里的鱼的声音。是朝霞颜色的鲷鱼的声音。

蓦地爬了起来，雪枝悄悄地朝厨房走去。俯下身，打开盖在鱼槽上的竹帘子一看，那条红色的鱼正在里头慢慢地跳着。比白天看上去更加鲜艳了，就像被系起来的鹿斑染的带子似的。

"刚才是你发出的声音吧？"

于是，鱼直瞪瞪地瞅着雪枝，眼泪夺眶而出。鱼哭了，不出声地哭了。雪枝连大气也不敢喘，只是看着它。

"我放了你，放回到大海里去。"

雪枝飞快地说。不知为什么，她可怜起这条鱼来了。雪枝把一个大水桶插到了鱼槽里，扑通一声把鱼捞了上来。然后，一只手拎着水桶，放轻脚步朝后门走去，冲到了外面。雪枝在那条满是碎贝壳的路上一口气奔了起来，一边小心着不让水桶里的水洒出来，一边在乳白色的晨霭中朝着大海奔去，哗啦哗啦地冲进了大海。

最后要把水桶里的鱼放回海里去的时候，雪枝招呼道：

"好了，回到大海里去吧，下回可不要被抓到了哟！"

于是，水桶里的鱼仰起头，看着雪枝说：

"下回再见吧！"

"哎？"雪枝吃惊地看着鱼，"下回？"

雪枝这么重复道。鱼平静、清楚地说：

"因为你救过我的命，所以下回轮到我报答你了。让我来帮你实现三个愿望吧！"

"……"

见雪枝呆住了，鱼突然抽动了一下红色的尾巴，说：

"好了，取下我的三片鱼鳞试试看吧！"

见雪枝犹豫着，鱼催促道：

"好了，快点快点！不用客气哟！"

雪枝战战兢兢地伸过手去，揭下三片微微发红的、像樱花的花瓣一样的鱼鳞。鱼静静地说：

"如果有了愿望，就把一片鱼鳞浮到海水里，叫声'鱼、鱼'试一试。那样的话，不管我离开你有多么远，我也会飞过来的。一看到我的身影，你说出你的愿望就行了。不过，尽量在海湾没有波浪的地方把鱼鳞浮起来。"

说完，鱼猛地朝上一跃，回到大海里去了。雪枝一个人呆呆地伫立在早上的海边上。

雪枝十七岁。

一个丝毫也不引人注目、在乡下长大的普通的女孩。她想，什么时候成为一个好媳妇、一个好母亲，在这个村子里舒舒服服地过一辈子就行啊。

这样的雪枝的最初的一个小小的愿望，就是想让自己的头发变得美丽起来。是一直吹着海风长大的缘故吧，雪枝的头发总是干枯的红褐色。

一天，雪枝下海去了。她选了一个没有波浪的静静的地方，把鱼鳞浮了起来，然后试着轻轻地呼唤开了：

"鱼！鱼！"

雪枝屏住呼吸，一动不动地等待着。水上泛起了一道又一道波纹，浮在水面上的鱼鳞滴溜溜地旋转起来，很快，那条鱼就噗地一下浮了上来。

雪枝果断地说出了愿望：

"让我的头发变得漂亮起来，变成像海底的裙带菜一样的头发。"

鱼静静地说：

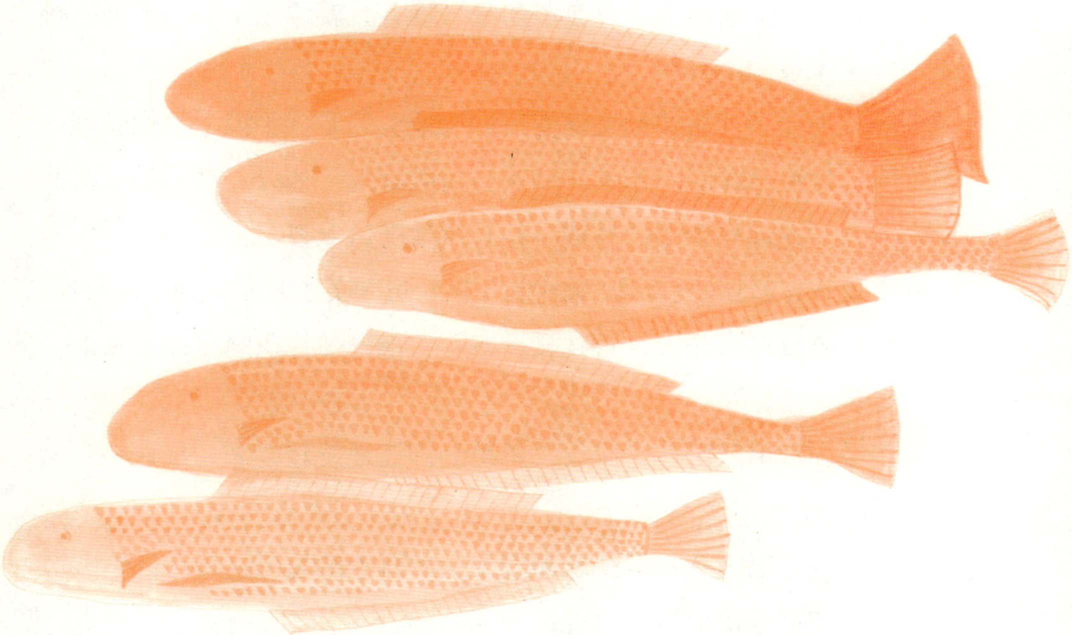

"到了明天早上，你的头发就会变得漂亮极了。"

雪枝点点头。

太开心了，太开心了！就要拥有一头漂亮的头发了！

雪枝哗啦哗啦地在水里奔了起来，接着，就像孩子似的蹦蹦跳跳地回到了家里。

第二天早上，雪枝的头发变得惊人地美丽了。手摸上去像丝绒一般光滑，颜色是深绿色的了。一头齐肩的直发，如果一动不动，又润又重，而一跑起来，则像丝线一样轻盈地随风飘舞。

雪枝欣喜若狂。到今天，她才头一次知道变美了是多么地让人喜悦。

然后还没过去几天，雪枝又下海了，把第二片鱼鳞浮在了水上。

"鱼！鱼！"

于是，水上又泛起了波纹，鱼鳞滴溜溜地旋转起来，红色的鱼又出现了。

"让我的眼睛变得漂亮起来，变成像海上的星星一样的眼睛。"

听雪枝这样请求道，鱼说：

"到了明天早上你看吧，你的眼睛就会变得漂亮极了。"

雪枝大叫了一声"谢谢"，就跑回家去了。

太开心了，太开心了，这样我就成了村子里最美丽的女孩了！雪枝的胸膛扑通扑通地跳了起来。

第二天早上，雪枝的眼睛真的变得美丽起来了，像傍晚海上闪耀的第一颗星星一样地美丽。人如果被那双眼睛盯久了，就会晃眼，就会不由得朝下看去。

"雪枝这孩子变得彻底漂亮起来了……"

村子里的人们说。

啊，人生多么美好啊！一种莫名的兴奋让雪枝的心中热乎乎的。

雪枝变得爱照镜子了，变得爱买新衣服了，而且变得爱想什么时候来迎娶自己的好小伙子了。

这样过了一两年，雪枝把那条鱼的事给忘到了脑后，她觉得自己那美丽的眼睛、头发都是天生的了。剩下的那一片鱼鳞，落满尘埃，睡在梳妆台的抽屉里。

到了二十岁左右，雪枝爱上了一个年轻人。

那是这一带最富裕的船主的儿子。那是一个住在代代相传的大房子里，而且不久就要成为一家之主的人。那个年轻人说喜欢雪枝的头发和眼睛。在黄昏的松树林里，两个人见过好几次，很快，就定下了婚约。

然而，村边上小旅馆家的女儿，和有钱的船主的儿子却无法结成夫妻。年轻人的父母就不用说了，雪枝的父母也反对。村子里的人只要凑到了一起，就悄声地说起两个人的风言风语，然后歪着脑袋，轻轻地横着摇晃起来。

尽管如此，雪枝美丽的头发和眼睛还是让年轻人难舍难分。他终于说服了父母，不顾别人的反对，要举行结婚仪式。

只要有爱的话——这种时候，谁都会说的悄悄话——年轻人对女孩说了好几次。

结婚仪式的前一天晚上，雪枝的父亲一个人嘟哝道：

"这下，朝霞颜色的鲷鱼就上不了明天的餐盘啦！"然后，他瞅着雪枝这样说道，"为了你，我坐船都不知道出海多少次了，可就是抓不住那条鱼！"

他又说：

"那是一条很难抓到的鱼。就因为这，才是吉利的鱼啊！传说如果那条鱼能摆到新娘子婚礼的餐盘上，一辈子就能过上幸福的生活。"

（一辈子、幸福……）

这句话，挑亮了雪枝的心。现在，雪枝紧紧地抓住这句话不放了。

这种不般配的姻缘，也让雪枝感到不安。随着结婚的日子一天天逼近，不安越发厉害了，连夜里都睡不着了。

思考了一个晚上，天亮的时候，雪枝悄悄地拉开了梳妆台的抽屉，把那片干透了的鱼鳞拿了出来。

"我出去一趟。"

一个人话还没说完，雪枝就拎起水桶冲到了外边。

在沿海的贝壳路上奔着奔着，雪枝突然回忆起了十七岁那一年的往事来了。回忆起了把朝霞颜色的鱼装在水桶里，一个心眼朝着大海奔去的那一天——

她要把那天救过的鱼叫来，抓住它。抓住它，把它杀了，摆到自己婚礼的餐盘上。眼前一浮现出死了的鱼的那空洞的眼睛，雪枝不由得打了一个寒噤。

可是为了自己的幸福，为了幸福地结婚，雪枝不再犹豫了。

这时，黎明的大海还是灰色的，像大口大口地喘着气似的，涨了起来。朝着那大海，雪枝没命地奔着。奔啊奔啊，水总算是淹没到膝盖了，她用哆嗦个不停的手，把鱼鳞浮在了水上。

"鱼！鱼！"

啊啊，尽管觉得自己的声音有毒，可雪枝还是尽可能用甜美的声音呼唤起鱼来。

"鱼！鱼！"

于是，水面上波纹扩展开了，鱼鳞滴溜溜地旋转起来，红色的鱼一下子冒了出来。雪枝用嘶哑的声音说：

"你好。"

鱼回答道：

"好久不见了。"

雪枝大胆地一口气说了起来：

"我明天就要举行婚礼了。我想在餐盘上摆上一条红色的鱼，想摆上一条朝霞颜色的鲷鱼。为了我的幸福，请帮我一个忙吧！"

鱼用带黑点的眼睛目不转睛地瞅着雪枝。雪枝接着说：

"如果把朝霞颜色的鲷鱼摆上餐盘，村子里的人就会认可了，就会觉得我们的结婚是天意了。"

鱼一动不动，过了一会儿，才抽动了一下鳃，用呻吟一般的声音说：

"那样的话，你就把我带去吧！"

"谢谢……"

雪枝闭上眼睛，大大地吸了一口气，扑通一声把水桶放到了水里。

可是就在那一瞬间，雪枝有了一种奇妙的感觉，好像鱼的灵魂刚刚飞到什么地方去了似的。

提心吊胆地睁开眼睛……雪枝不禁吓了一跳，因为水桶里的鱼，看上去就宛如一块红色的碎布似的。雪枝的脸色变得苍白，禁不住伸出一只手要去捞鱼，可雪枝什么也没有抓到。水桶里只是映着一片云，只有一片朝霞的影子慢慢地晃动了一下。

缓过神来的时候，天空已是一片玫瑰色了。就仿佛红色的鱼升到了天空上，成群结队地游过来了似的，天上是一片美丽的朝霞。

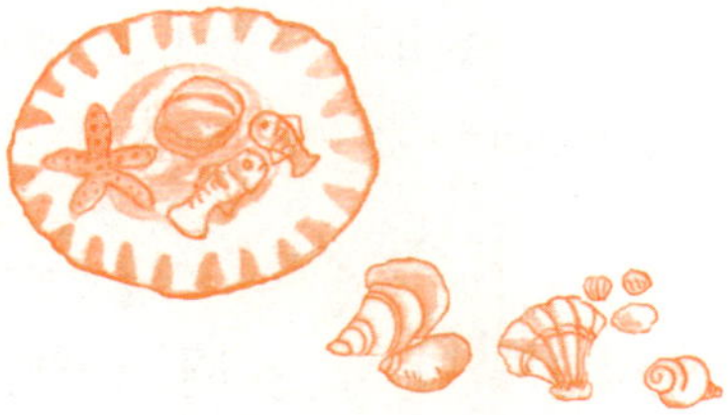

来自大海的电话

一个用白纸包着的小包寄到了松原家里。

小包反面,写着几个怪里怪气的字:『螃蟹寄』。

松原吃了一惊,打开一看,从里头滚出来一个手掌大小的白色海螺。

有一个人带着吉他去大海，回来时忘记带回来了。不，那个人说，不是忘记了，是放在那里了。是打算之后请它们还回来，寄存在大海那里了。

这个人叫松原，是音乐学校的学生。

松原的吉他是才买来的，闪闪发亮的栗色，一拨动琴弦，"扑咚"，就会发出像早上的露水落下来一般好听的声音。

松原把那把吉他搁在海边的沙滩上，稍稍睡了一个午觉。也不过就是五分钟、十分钟，不过就打了个盹。然后醒过来的时候，吉他就已经坏了。吉他的六根弦，全都断了。

松原说，没有比那个时候更吃惊的事了。

"不是吗？身边连一个人也没有啊！"

是的。那是初夏的，还没有一个人的大海。碧蓝的大海和没有脚印的沙滩，连绵不断，要说在动的东西，也就只有天上飞着的鸟了。尽管如此，松原还是试着大声地喊了起来：

"是谁！这是谁干的？"

想不到近在咫尺的地方，有一个非常小的声音说：

"对不起。"

松原朝四周看了一圈，谁也没有。

"是谁！在什么地方哪——"

这回，另外一个小小的声音说：

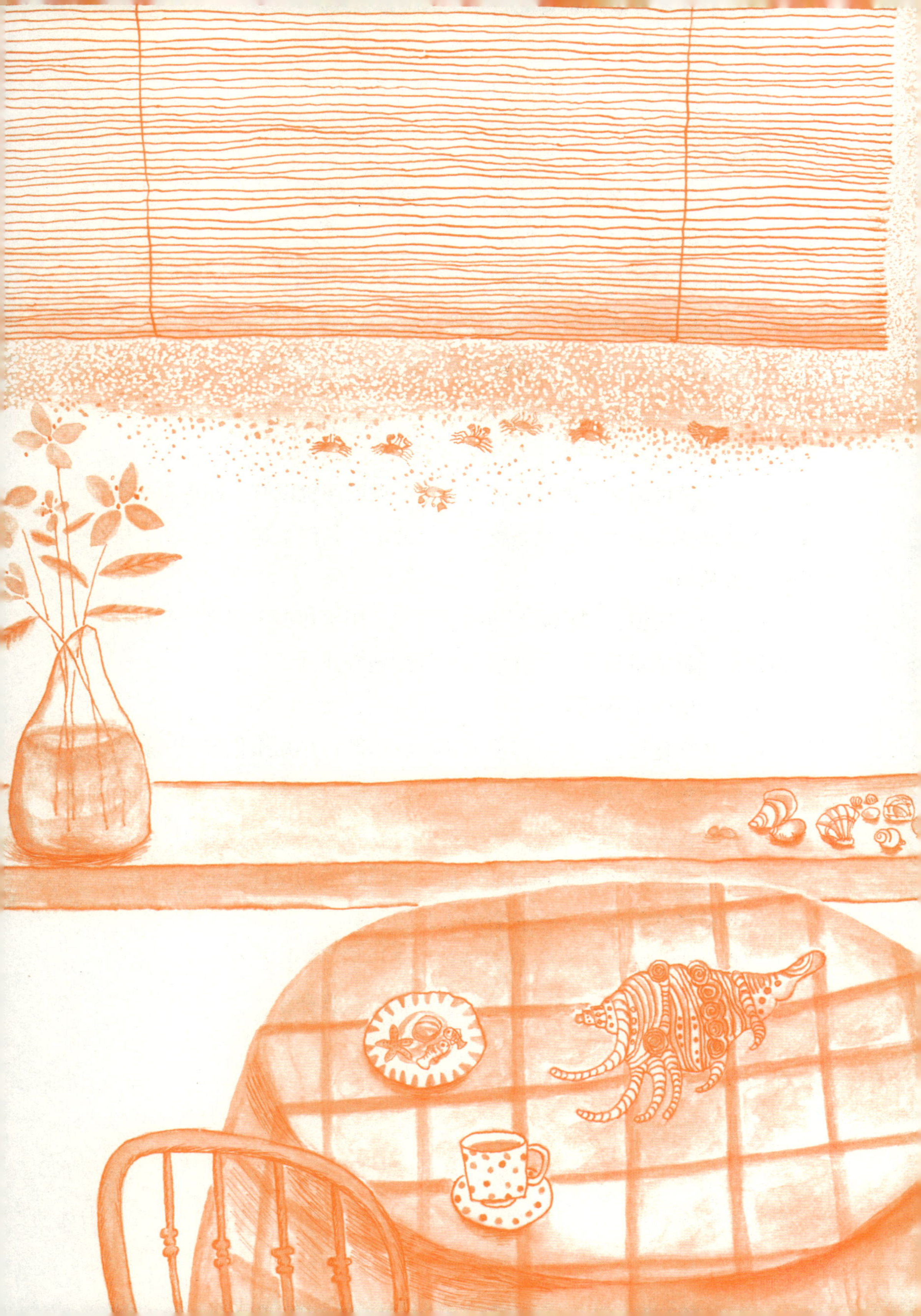

"抱歉。"

接着,许许多多的声音一个接一个地传了过来:

"只是稍稍碰了一下。"

"我们也想玩玩音乐啊!"

"没想把它弄坏。"

"是的呀,只是想弹一下哆来咪发嗦。"

松原发火了,发出了雷鸣般的声音:

"可你们是谁呀——"

然而,你再怎么大声吼叫,大海连一点回声也没有;你再怎么发怒,西红柿颜色的太阳也只是笑一笑,波浪只是温柔地一起一伏,哗哗地唱着歌而已。

松原摘下眼镜,"哈哈"地吐了口气,用手帕擦了起来。然后,把擦好了的眼镜重新戴上,在沙滩上细细地寻找开了。

啊……他终于看到了。

坏了的吉他后边,有好多非常小的红螃蟹。小螃蟹们排成一排,看上去就像是在行礼似的。

"实在是对不起。"

螃蟹们异口同声地道歉说。然后,一只说一句这样说道:

"怪就怪我们的手上全长着剪刀!"

"真的没想把它弄坏,只是稍稍碰了一下……"

"就是,只是稍稍碰了一下,啪、啪,弦就断了。"

"就是,就是这样。"

"真是抱歉。"

螃蟹们又道了一次歉。

"真拿你们没办法！"松原还在生气。

"说声对不起就行了吗？这把吉他才买来没几天，就是我自己，都还没怎么弹呢！可、可……"

啊啊，一想到它坏成了这个样子，松原就悲伤起来。这时，一只螃蟹从吉他的后面朝松原这里爬了过来，说道：

"一定把它修好！"

"哎！"

松原惊讶地缩了一下肩膀。

"修好？别说大话哟，怎样才能把断了的弦接上呢？"

"让我们来想吧！大家一起绞尽脑汁来想吧！"

"再怎么想，螃蟹的脑汁也……"

松原轻侮地笑了起来。不过，螃蟹那边却是认真的。

"不不，不要瞧不起螃蟹的脑汁。从前，就曾有过螃蟹把快要撕碎了的帆船的帆缝起来，让人惊喜的事。"

"可帆船的帆和吉他的弦，不是一码事啊。这是乐器呀，就是修好了，也不可能再发出原来的声音了。"

"是的。关于这一点，请放心吧！我们一个个乐感都非常出众。到您说好了为止，就让我们一直修下去吧！"

"你都这么说了，那我也就该回去了！"

松原看了一眼手表。手表正好指向了3点。于是螃蟹说：

"对不起，这把吉他可以暂时留在这里吗？"

见松原不说话，螃蟹就滔滔不绝地说道：

"如果修好了，我们会打电话给您，让您在电话里听一下吉他的调子。如果可以了，您再来取回去。如果声音还不好，我们就再修下去。"

松原目瞪口呆了。

"螃蟹怎么打电话呢？那么小的个头，怎么拨得了电话号码呢？"

只听到在吉他那边的螃蟹们异口同声地说：

"螃蟹有螃蟹的电话啊！"

螃蟹一脸严肃，好像多少有点愤慨了的样子。松原本打算再说两句风凉话的，但他打住了，小声说道：

"那么，就留在你们这里试试看吧！"

听了这话，螃蟹们立刻就又高兴起来了。然后，这样说道：

"对不起，到 3 点喝茶的时间了。有特制的点心，请尝一口吧。"

走还是不走呢？松原正想着，螃蟹们已经兴冲冲地准备起茶点来了。

一开始，十来只螃蟹先挖起沙子来了。它们从沙子里，挖出来一套像过家家玩具一样小的茶具。茶碗还都带着茶托，茶壶也好，牛奶罐也好，糖罐也好，全都是清一色的沙子的颜色。而且，还有贝壳的碟子。它们把这些茶具整整齐齐地摆到干干的沙子上，就有两三只螃蟹不知从什么地方打来了水。好了，这下螃蟹们可就忙开了。

一组螃蟹刚往石头做的小炉灶里加上劈柴，烧起水，另外一组螃蟹就往沙子里加上水，揉了起来，用擀面杖擀了起来。那就和人用面粉做点心一模一样。不，比人做的要快多了，漂亮多了。一眨眼的工夫，点心就烤好了，放到了贝壳的碟子里。松原瞪圆了眼睛就那么看着。那些小小的点心，有的是星星的形状，有的是船的形状，还有的是鱼的形状、锚的形状。可是，它们真的能吃吗？正想着，两组螃蟹已经兴冲冲地把茶点搬了过来。

"啊请请，千万不要客气。"

一点都没客气啊……松原一边这么想着，一边小心翼翼地夹起了一个星星形状的点心。

"请，请唰地放到嘴里，嘎巴地咬一口。"

侍者螃蟹说。松原把点心轻轻地放到了嘴里。

嘴里充满了一股大海的味道。甜得不可思议，爽得不可思议。还有一种沙啦沙啦的干干的齿感——

"啊，做得真不错，非常好吃啊。"

松原这样嘀咕着，咕嘟一口把茶喝了下去。螃蟹们异口同声地说：

"对不起，简慢您了。"

于是，松原也匆匆低下头：

"谢谢，承蒙款待。"

喏，就是这样，结果松原把吉他搁在了海边。

接着，回到家里，每天等起电话来了。大约过了一个星期，一个用白纸包着的小包寄到了松原家里。小包反面，写着几个怪里怪气的字："螃蟹寄"。松原吃了一惊，打开一看，从里头滚出来一个手掌大小的白色海螺。

"为什么送我这样一个东西呢？"

想了一会儿，突然，螃蟹曾经说过的话在松原的脑海里响了起来：

——螃蟹有螃蟹的电话啊——

啊，是这样啊，这么想的时候，海螺中似乎已经传来了一个声音。轻轻地、嘣嘣地响着的那个声音……啊啊，那是吉他的声音。

松原不由得把海螺贴到了耳朵上。和吉他声一起传过来的，不正是海浪的声音吗？

（啊，的确是来自大海的电话。可那把吉他修好了没有呢？有声音了，这至少说明琴弦已经接上了。）松原想。不过，松原毕竟是音乐学校的学生，什么也瞒不过他的耳朵。松原把海螺贴到了嘴上：

"还不是原来的声音哟！嘣嘣地响得太厉害了，最粗的一根弦不对！"

他说完，海螺里的音乐一下就停了下来。

"那么下个星期吧！"

听到了螃蟹的声音，结束了。

松原连一个星期都等不及了。

一想到海螺电话，不管是上学也好，去打工也好，走在街上也好，都开心得不得了。松原突然觉得，也许比起自己弹吉他，在海螺电话里听螃蟹弹吉他要有意思多了。

就这样，恰好过去了一个星期的那天深夜，从搁在松原枕头边上的海螺里，突然响起了吉他的声音。松原慌忙把海螺贴到了耳朵上。

这回，和着比上回要好多了的吉他的声音，传来了螃蟹的歌声：

"海是蓝的哟，
浪是白的哟，
沙子是沙子颜色的，
螃蟹是红色的，
螃蟹的吉他是栗色的。"

"嘿，作为螃蟹来说，唱得还真不赖呢！"

松原一个人嘟哝道。于是，螃蟹们的合唱戛然而止，传来了那个头领螃蟹的声音：

"喂喂，'作为螃蟹来说，唱得还真不赖'这句话，听起来可不舒服啊。"

"那么该怎么夸你们呢？"

"像什么比谁唱得都好啦，世界第一啦。"

"那不是太自以为了不起了吗？如果想成为世界第一，那还要练习才行。吉他弹得还不行啊！"

"是吗……"

螃蟹嘟嘟囔囔地说：

"我们已经尽全力在保养吉他了！用细细的沙子擦拴弦的眼儿，借着月光精心地打磨。"

"……"

这时，松原突然想起什么，他想起了螃蟹的剪刀。于是他大声地说：

"喂，不是奇怪吗？你们那长着剪刀的手一磨琴弦，琴弦不是又断了吗？"

只听螃蟹清楚地回答道：

"不，我们全都戴着手套哪！"

"手套！"

松原吃了一惊。螃蟹比想象的要聪明得多呢！

螃蟹得意地继续说：

"是的。现在，我们就全都戴着绿色的手套在弹吉他。是用裙带菜特制的手套。戴在手上正合适，戴着它弹乐器，真是再好不过了。

我们后悔得不得了，怎么一开始没戴手套呢？要是戴了，那天也就不会把您的吉他给弄坏了！"

"是吗……"

松原算是服了，于是，情不自禁地说出这样一句话来：

"既然这样，就暂时先把吉他寄存在你们那里吧！我眼下特别忙，去不了大海。"

"真、真的吗？"

螃蟹们一齐嚷了起来，仿佛已经高兴得按捺不住了。

"嗯，是真的。你们再研究一下吉他的高音吧！合唱时要注意和声，对了，常常给我打电话。"

说完，松原放下了白色的海螺，然后，用手帕把海螺一卷，珍爱地藏到了抽屉里。

松原想，我要把这个海螺当成自己的宝贝。

"瞧呀，就是它呀，就是这个海螺呀！"

松原常常让人看这个海螺，但是，这个海螺只是里面透着一点淡淡的粉红色，听不见螃蟹合唱的声音、吉他的声音和海浪的声音。不管怎样把海螺贴到耳朵上，别人就是听不到任何声音。

也许，这是一只唯有吃过那沙子点心的人才能听到声音的海螺。

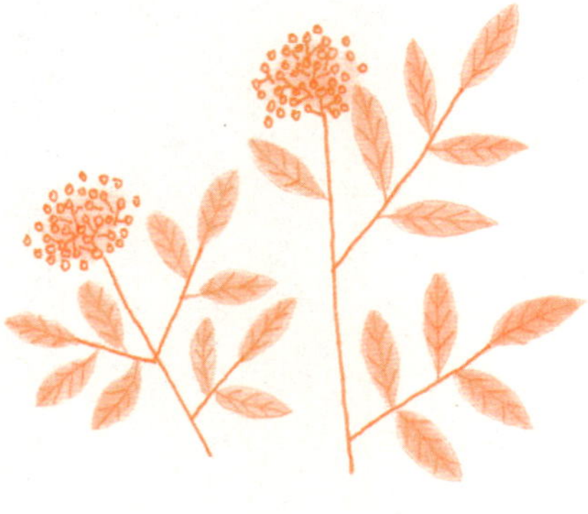

夏天的梦

也许是那些在耳边低声细语的蝉的梦，让拥有近乎『悠远』的生命的树觉得太凄美了，太悲哀了，一下子难过得透不过气来了。于是，就化身成一位老人，把『耳鸣』借给了人间的年轻人那么一小会儿。

"这一阵子总是耳鸣啊。"

公园的长椅上,一位老人冲旁边的年轻男人搭话道。

"啊,那可不好。不过,是什么样的声音?"

被搭话的男人,露出深感兴趣的眼神。于是,老人有点得意地笑了:"'啾——'的声音。"他回答道,"像一只虫子藏在耳朵里似的感觉。'啾——啾——'地叫个不停。"

"那可不好。吵得受不了吧?"

"可是,不可思议的是,一旦习惯了那个声音,就不那么讨厌了。不但不讨厌,到了晚上一闭上眼睛,心情就会变得不可思议地好,就像做了一个五彩缤纷的梦似的……我最近好不容易才明白了,支配梦的器官,是在耳朵里啊。这是真的。"

"您不是累了吧?"

年轻人若无其事地用体贴的口吻问道。不想老人脸一板,噘起了嘴:"哪里的话!"

"那么,您不是有什么烦心的事吧?比方说非常孤独了什么的?"

"孤独?"

老人歪着嘴笑了,然后这样说:

"哪里有不孤独的人?就说你吧,或多或少也有些孤独吧?"

老人探寻似的窥视着对方的脸,然后,也不等回话,就轻声说:

"把我的耳鸣借给你一下也行啊!"

说得就像借眼镜或是钢笔那样轻松。年轻人怔住了，老人将细细的手指伸进了自己的耳朵，用如同魔术师一般优美的手势，取出一只蝉来。

那确实是一只蝉。

非常小、非常美丽的一只蝉。透明的翅膀上映出了公园的绿叶，一片淡淡的绿色。

"竟、竟有这样的蝉啊！"

年轻人吃了一惊，细细地瞧着那只蝉。于是，老人得意地点了好几下头：

"是啊，这叫耳鸣蝉。夏天结束的时候，常常会出来。这是一只雌蝉。"

"雌蝉？雌蝉不可能会叫吧？"

"是啊，是这样。在地里待了六七年，即使好不容易羽化了，开始了地上的生活，雌蝉也不会叫。不过是一个夏天的命，连叫也没叫一声就结束了。这种雌蝉，常常会到我这里来，用魔幻的声音鸣叫。要是你不介意的话，就请放在耳朵里听一下吧！"

年轻人恐惧地皱了皱眉头，问：

"把它放到耳朵里吗？"

"是的，用手指轻轻一推，'咝'地一下就进去了。再简单不过了。可是啊，如果恶心也就算了，我不会硬借给你。我不过是想让你也做一个美丽的梦。我不会硬劝你的。"

老人装模作样地要把拿着蝉的手缩回去。

"请等一下呀……"

年轻人急了。

"就让我试一次吧！说实话，我生活也挺难的，孤身一个人，连个能敞开心扉说话的人都没有。而且生意也不顺利，已经到了失业的边缘。"

"是吗？做什么生意呢？"

"喏，就是那个哟！"

年轻人朝喷水池那边一指。那边盛开着红彤彤的一串红、孩子们笑语喧哗的地方，孤零零地丢着一台流动摊床。

"那是卖玉米的流动摊床。我干摊床生意，说起来都半年了，怎么也干不好呀。"

"那你就听听这个耳鸣，让心灵小憩一下吧。当蝉在耳朵里'啾——啾——'地叫时，你就闭上眼睛，跟上那个声音。"

"跟上声音？那是什么意思？"

"也就是说，闭上眼睛，用整个身心去听耳鸣的声音。其他的事，什么也不要去想。于是，你就能跟上声音了。身子变轻巧了，像轻飘飘地坐到了云彩上一样。这样就成了。"

"啊……"

年轻人战战兢兢地伸过手去，老人把蝉放到他的手上，站了起来：

"那么对不起了，我们后会有期！"

丢下这么一句话，老人就缓步朝公园边上的树林走去了。老人穿着素雅的褐色裤子、橄榄绿色的衬衫。

玉米摊主恍恍惚惚地目送着那个背影，看着他像渗透进去一样，消失在了树林的绿色之中。

然后，他把目光轻轻地落到了手上的蝉上。蝉就像精巧的玻璃工艺品一样，纹丝不动。翅膀的颜色，越发显出了一种翡翠色。这只蝉待在土里的时候，一定是吸了相当多甘甜的树汁，翅膀才会这样美丽吧？年轻人想道。他轻轻地攥住了拿着蝉的手，把手插到口袋里，慢慢地站了起来，向自己的流动摊床那边走去。

已经凉透了的玉米，还和走开时的数量一样，躺在灰上面。回到摊床跟前，"呼"的一声，他发出了一声说不出是哈欠还是叹息的声音。然后，身子一歪躺到了边上的草坪上。已经快到5点了吧？风发出好听的声音吹着。透过树隙的太阳，已经带来了一丝秋天的味道。玉米摊主摘掉了布帽子，"啪"地扣到了脸上，闭上了眼睛。然后，从口袋里把蝉轻轻地掏了出来，若无其事地放到了自己的耳朵里。

把虫子放到耳朵里——

仅仅是这么一想，就让人起一身鸡皮疙瘩的奇妙的事，他连犹豫都没有犹豫，兴许是因为这只蝉太美丽、太神秘了吧？实际上，这只蝉的叫声温文尔雅。既不像秋蝉那般毫不客气地"唧——唧——"叫着往人身体里钻，也不像知了那般充满了留恋。

"啾——啾——"那是低沉而尖锐，一直扎到什么深深的地方去的声音，是只有人的耳朵深处才能够听到的魔幻的声音。

"这是黑暗的声音。"

玉米摊主嘟哝道。

"是的，黑暗的声音。蝉上到地面之前，在土中度过的长长的黑暗的声音。"

这时，因为玉米摊主绷紧了全身的神经聆听着那个声音，不知不觉中，身体就变得轻巧起来，好像有一种往上飘起来的感觉。"啾——啾——"蝉的声音单调而绵长，玉米摊主听着听着，就睡着了……

"请给我一根玉米。"

听到这个清脆的声音，他吓了一跳。这是一个稚气未脱的少女的声音。不知道是为什么，只是听到这个声音，玉米摊主的胸口就悸颤起来。

（也许是那个孩子吧！）

他想。听出来一个从来也没听到过声音的人的声音，太不可思议了。然而这个时候，他的眼睑背后，就像从黑暗中升起的星星似的，一个少女的身姿，清晰地映现了出来。

娃娃头，穿着夏天穿的单和服，系着黄色带点子的带子，唯有穿着的木屐的带子像鸡冠花一样红。这样一个少女，手上托着一枚闪闪发光的百元硬币，正一遍又一遍地冲我招呼着："请给我一根玉米。"

啊啊，是那个孩子。是我上五年级时，搬到我们家隔壁，可仅仅过了三个月，就又不知道搬到什么地方去了的那个孩子。是我每天越过篱笆看着她的身影，可是却连一次声音也没有听到过就分手了的那个孩子——

那孩子搬家走了以后，我异样地寂寞，总是在篱笆那里久久地凝望着隔壁那再也不会亮灯的窗户。

那女孩的妈妈，业余时间都扑在织毛线活儿上了，白天黑夜都坐在机器前头。那女孩，就在边上，不是帮着接线，就是收集五颜六色的线头玩。夏天的晚上，在黄色的灯光下，我犹如看着故事中美丽的一页似的，眺望着女孩和妈妈互相点头的侧脸。

"那么漂亮的孩子，真可怜！那个女孩不能说话呀！"有一回，我听到附近的婶子这样说时，吃惊得心都要裂开来了。

那个婶子像是有了重大发现似的说着。啊啊，怪不得没有听到过那女孩的声音呢！其他的婶子们就那么提着买东西的篮子，互相点了点头，然后就东一句、西一句地说起那个女孩和她妈妈的风言风语来了。那时我捂住耳朵，吧嗒吧嗒地跑回到了家里。可是从那以后，不知为什么，我却比以前要轻松多了，自己能冲着隔壁的女孩笑了。

一天早上，我在篱笆那里，冲着在院子里给花浇水的女孩招了招手，女孩像是吃了一惊，盯着我，然后，给了我一个亲昵的微笑。我跑回家里，把藏在桌子抽屉里的水果糖罐拿了出来，一边摇，一边召唤着女孩。这罐水果糖，是上回从外国回来的叔叔送给我的礼物。小小的圆罐子里，装着散发出奇异气味、五颜六色的糖果。我所以要和女孩分享每天只舍得吃一粒的水果糖，是因为觉得女孩一旦吃了这水果糖，会突然用美丽的声音说话！

女孩来到篱笆那里，歪着娃娃头，用大大的眼睛问：干什么？我把水果糖罐递了过去，满不在乎地说：

"你要哪一个？蓝的还是黄的？橘黄色的还是白的？"

女孩盯着我的脸瞅了片刻，用细细的手指夹了一粒蓝色的水果糖，放到了嘴里。我也学着她的样子，夹起一粒蓝色的放到了嘴里。

"说蓝色的，是星星的碎片啊。"

我能毫不难为情地说出这样的话，是因为我知道对方听不见自己的声音吧？蓝色的水果糖，甜甜酸酸的，像一阵海风穿过了嗓子。一人含着一粒水果糖，我突然自己也想和这个女孩活在同样的世界里了。没有声音的国度——只有光与颜色，明亮安静得有些悲哀的国度——

但是这时，妈妈在屋子里叫我了。我只能回家去了。

从那以后，我就再也没有见过那孩子。后来没过几天，隔壁的母女也没跟任何人打招呼就搬走了。

那孩子名叫加奈。

搬走的那一天，篱笆上系了块手帕，手帕的一角上用蓝色的线绣着"加奈"。仿佛是被遗忘了的白蝴蝶，手帕在风中呼啦呼啦地飘着。

虽然那时我就在心里暗暗祈求有一天能够再见面，但我怎么也没想到，今天那个加奈能来到我的摊床，用与她最最相配的美丽的声音高声喊叫：

"请给我一根玉米。"

……

"来了！"

玉米摊主大声地回答。可是，为什么他的声音一点都没有送到对方的耳朵里，女孩从刚才开始，就像鹦鹉似的，一次次重复着同样的话：

"请给我一根玉米。"

"请给我一根玉米。"

"请给我一根玉米。"

"请给我一根玉米。"

很快，那声音就像是变魔术似的，膨胀起来。听上去就好像有五个、十个同样的女孩聚集到了一起，在高声喊叫。

啊啊，怎么会有这么多顾客！

玉米摊主马上想到了自己的生意，手忙脚乱地爬了起来，朝摊床的方向奔去——然后，一边面挂笑容，一边接过闪闪发亮的硬币，把香喷喷的金黄色的玉米递到那一双双白色的小手里——谢谢光临，谢谢，谢谢……

然而，在他这样做之前，在他爬起来之前，少女们已经像绽裂开的凤仙花的种子似的，在摊床前散开了，咯咯地一边笑着，一边跟他开玩笑似的唱起了歌：

"给我一根竹笋，
还没发芽哪。"

这歌声渐渐地远去了，被吸进了树林的方向。
正呆若木鸡，从那片树林传来了这样的说话声：
"怎么样，做玉米汤吧！"
"做玉米色拉吧！"
"不，玉米馅饼才好吃。"
"我做玉米饼干。"
"我就是要做爆玉米花！"
少女们吵翻了天。不是在露营吧？要不就是要开始野餐了？
（吵什么哪！连一根也没有买，怎么做玉米料理呢？）
玉米摊主多少有点生气了。
于是，从树林方向又传来了和他开玩笑似的"给我一根竹笋"的合唱，然后就又是黑暗。
那之后又过去了多长时间呢？"啾——啾——"在那个黑暗的声音里，哗啦哗啦，响起了叉子、刀和盘子的声音。这回，明明什么也看不见，但玉米摊主却知道得一清二楚。那是在准备吃饭的声音。是往圆桌子上摆好些白盘子、刀、叉子和调羹的声音。刀、叉子和调羹都是银色的，柄上分别雕刻着小鸟、水果和花。鸟是鹤，水果是葡萄，花是百合。不管是哪一种，都是生活在灿烂的阳光和清爽的风中。都是在土里待了六年的蝉所一直向往的东西。接着，一盏像徐徐升起的月亮颜色的圆圆的煤油灯，低低地吊到了白桌子上，桌边是兴高采烈地等着吃饭的人们。这是什么特别的宴会，是庄重的宴会。桌子的正当中，装饰着橘黄色的玫瑰，干杯的酒已经倒满了。

可是，桌子正面的位子却空在那里，玉米摊主为了坐到那里，正在急匆匆地走过一条类似地下道的黑暗的道路。

他这才发现，他竟然还系着领带，穿着浆得让他发疼的衬衫。才买来的黑鞋子嘎吱嘎吱地叫着。又高兴又难为情，心里暖洋洋的。为什么呢？因为那是祝贺自己和加奈结婚的喜宴啊！这一天等了有多久啊，玉米摊主用少年的心想。

手表的指针嘀嘀嗒嗒地走着，眼看着就要到黄昏6点了。

玉米摊主急了，赴喜宴可不能迟到！不能让大伙等着！加奈说不定已经到了，穿着鲜艳夺目的美丽的盛装——

玉米摊主在昏暗的像隧道一样的路上跑了起来。不过，这条路变成了迷宫，走一会儿，就碰到了墙壁，分成一左一右两条路，试着往右拐，这条路很快又分成了一左一右两条路。于是，这回试着往左拐，可又分成了两条路……

（这回往哪边拐呢？）

（这回是哪边？）

一遇到拐弯的地方，玉米摊主就冒冷汗了。

右还是左呢？右还是左呢？右还是左呢……

啊啊，尽管如此，他觉得选择是一件多么可怕的事情啊！错了一条路，不是被永远地关在黑暗里，就是去了一个与目的地正相反的意想不到的地方。

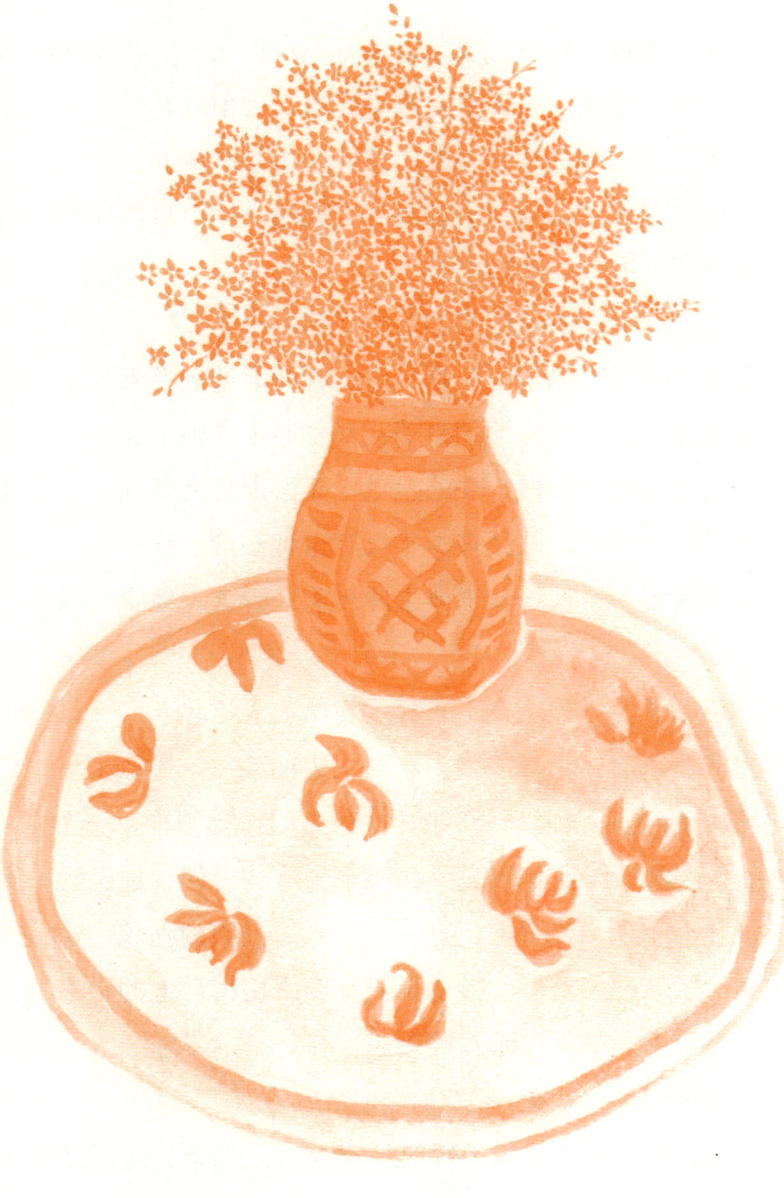

在昏暗的迷宫一阵乱跑之后,玉米摊主终于高声叫了起来:

"喂——"

"喂——加奈——"

那声音,在犹如树枝一般分叉的地下道的每一个角落里"轰——轰——"地回响起来。当那声音像被吸收进去似的在长长的墙壁上消失了的时候,玉米摊主看到远方摇曳着的小小的蓝光。

那就有点像点着无数个小灯泡的圣诞树,也有点像亮着无数盏灯、星星一样一闪一闪的海港的夜景。

咦,怎么回事呢……灯光怎么那么亲切……

玉米摊主眨了眨眼睛。于是,他的心渐渐地兴奋起来了。少年时用望远镜看星星时心中的那种激动,又复苏了。他记起了头一次在大山里看到萤火虫时的那种爽快的感觉。无法形容的感动,让他几乎要泪流满面了……啊啊,已经多少年没有这种心情了呢?

深深地吸了一口气,玉米摊主冲着蓝光奔去。他张开双臂,飞快地奔着。

越来越近了,一个个小小的蓝点慢慢地清晰起来。

不知从什么地方吹来了风,它们一边摇动,一边像星星一样放着光芒,啊啊,那是一棵树!所有的树枝上都结满了闪闪发光的蓝果实。

当他发现那些果实竟然是一粒粒水果糖的时候,他已经来到了树的边上。他又发现,树边上还有一个穿着白衣服的女孩,像另外一棵可怜的树似的站在那里。女孩伸出手,要去摘树枝上的水果糖。白发带下面,一双清澈的大眼睛在笑着。

"加奈……你是加奈?"

一刹那,玉米摊主止住了呼吸。啊啊,是加奈!这回是真正的加奈……已经长这么大了，长得这么漂亮了。

女孩点点头，用甘甜而清澈的声音答道：

"是，是加奈呀！"

玉米摊主蹦了起来：

"加奈，你能发出声音了？耳朵也能听到了？"

加奈点点头，回答道：

"就因为吃了这水果糖哟！"

可怎么说呢，加奈的声音，和刚才到自己的摊床前来买玉米的那个穿着夏天穿的单和服的女孩的声音，一模一样。和在树林中合唱"给我一根竹笋"的少女们的声音，一模一样。

（这到底是怎么一回事呢……）

玉米摊主思考起来，然后，嘟嘟囔囔地说：

"有好多和你发出一样声音的女孩呢，她们到我的摊子前看了一圈，什么也没有买就走了。"

"啊，"加奈笑了，"那全都是蝉的孩子们呀！刚才就有十来个蝉女孩来到这里，摘下水果糖吃了。她们叫着'发出声音了'，高兴极了。吃了这棵树上的水果糖的人，发出的全都是同样的声音啊。"

"是吗，太让人吃惊了……"

玉米摊主赞叹着，连连点头。不可思议的水果糖在风中摇着、撞着，发出木琴一般的声音。一股甜甜的、好闻的味道向四周弥漫开去。玉米摊主伸出手去，摘了好几个小果实，放到了口袋里。

"当作礼物，带点回去吧！"

"给谁的礼物？"

"谁？喏，来祝贺我结婚的人们……"

说到这里，玉米摊主吃了一惊，不由得朝手表上看去。

"这下糟了，喜宴已经开始了吧？干杯的酒已经倒满了吧？"

他抓住了加奈的手。

"已经 6 点 15 分了，不能再晚了。"

玉米摊主使劲一拉加奈的手，像被拽着似的，加奈跟在他后面走了起来。

"这边，这边。"

玉米摊主到头就往右拐。到了头，又往右拐，又向右、向右、向右……突然，两个人的前头，三三两两地出现了一大群魅幻般的少女。娃娃头，穿着夏天穿的单和服，系着黄色带点子的带子，唯有穿着的木屐的带子像鸡冠花一样红。十个、二十个这样的少女围在一起，正看着这边。

"又是新的蝉女孩们哟！"

加奈轻声说。

"这可不好办呀，这种时候……"

他就那么攥住加奈的手，大声说：

"我们有急事，能把路让开吗？"

可是，穿着夏天穿的单和服的少女们连动也不动。她们一句话也不说，像商量好了似的，全都把右手向玉米摊主伸了过来。

"是想要水果糖啊！"

加奈在他耳边轻声说。

"啊，是吗？可是，可是……"

玉米摊主还在迟疑不决，少女们已经一步步逼了过来。

"这可不好办呀，这些水果糖是打算用作今天喜宴的礼物的啊……"

一边摆弄着口袋里的水果糖,玉米摊主一边想:话已经乱七八糟地说到这个份儿上了,不能再退回去了。时间一分一秒地过去了。

"好吧,也没有办法,一人分给你们一粒吧!"

他从口袋里掏出水果糖,一人一粒,发到了少女们白白的手上。

"给!"

"给!"

"给!"

少女们那拿到水果糖的手,一个接一个地合上了,一模一样的脸上挂满了笑容。然后,为两人静静地让出了一条路。

玉米摊主拉着加奈的手,一直往前走,朝着好不容易才看到的尽头的小门,朝着举行喜宴的房间——

身后,吃了水果糖的少女们,为他们唱起了嘹亮的合唱。于是,细细的地下道里,不知从什么地方透进了白色的光,像天亮了似的,变得明亮无比。

啊啊,多么幸福的花道啊!

尽头的门上装饰着玫瑰的花环,贴着好些张贺卡。房间里响起了迎接两个人的拍手声、欢笑声……

可就在这个时候,在玉米摊主的眼睛里,那扇门——那扇一直拼命找到现在的房间的门,奇妙地变得让人厌恶起来了。

如果没有那样一扇门就好了。如果这条路一直延伸下去就好了。而且,如果两个人能拉着手,永远地跑下去就好了……那扇门,如果只能远远地看见就好了。如果只是一张怎么跑、怎么跑,也跑不到的画就好了。

然而,只跑了不过那么一两分钟,路就结束了。两个人喘着粗气,站在门前。玉米摊主不得不开门了。

"没办法，进去吧！"

一拧把手，重重的门"嘎吱"一声打开了，他猛地一步冲了进去——一瞬间，他发现门那边竟是树林。

在夏日夕阳的映照下，一片金灿灿的树林。

没有什么喜宴的房间。没有桌子，也没有围在桌边的客人。而且，一直紧紧地牵着手的加奈的身姿，也没有了。

玉米摊主不知什么时候戴上了帽子，像一直持续着刚才的散步似的，在公园边上的树林里走着。从那时起，时间不过是过去了一点点。

（蝉怎么样了呢？）

他捂住了一只耳朵。

这时，十米开外的前方，一位老人如同幻觉一般地突然冒了出来。穿着绿色的衬衫、褐色的裤子，老人直直地伫立在树丛之间。

"……"

玉米摊主欲说什么，可是却发不出声音来了。老人朝他这边看着，轻轻地抬起了右手……玉米摊主觉得有点天旋地转的感觉。接着，啊啊地发出了一种奇妙的声音。蝉从他的右耳朵里飞了出来，转移到了老人的耳朵里。接着，当夕阳把老人的脸照亮的一瞬间，老人的身体变成了一棵树，变成了树林中的一棵参天老山毛榉。蝉落在了它那高高的树枝上，一动也不动。

（他原来是树啊……）

玉米摊主自言自语道。

也许是那些在耳边低声细语的蝉的梦，让拥有近乎"悠远"的生命的树觉得太凄美了，太悲哀了，一下子难过得透不过气来了。于是，就化身成一位老人，把"耳鸣"借给了人间的年轻人那么一小会儿。

玉米摊主出神地望了那棵大山毛榉一会儿，慢慢地走出树林。他的心，不可思议地明快起来。

树林对面，是黄昏的公园。喷水池的边上，孤零零地搁着一台流动摊床。

黄昏海的故事

作者 _ [日] 安房直子　　译者 _ 彭懿

产品经理 _ 吴亚雯　　装帧设计 _ 廖淑芳　　产品总监 _ 周颖琪
技术编辑 _ 顾逸飞　　责任印制 _ 刘世乐　　出品人 _ 王誉

营销团队 _ 张超、宋嘉文

鸣谢

王国荣　王雪

果麦
www.guomai.cn

以 微 小 的 力 量 推 动 文 明

图书在版编目（CIP）数据

黄昏海的故事 /（日）安房直子著；彭懿译 . --
上海：少年儿童出版社，2024.9. --（安房直子经典
童话）. -- ISBN 978-7-5589-2023-3

Ⅰ . I313.88

中国国家版本馆 CIP 数据核字第 2024KM4403 号

著作权合同登记号　图字：09-2024-0368
HIGURE NO UMI NO MONOGATARI
By Naoko AWA
Copyright © 1982 by Naoko AWA
First published in Japan in 1982 by IWASAKI Publishing Co., Ltd.
Traditional Chinese translation rights arranged with IWASAKI Publishing Co., Ltd.
through Japan Foreign-Rights Centre / Bardon-Chinese Media Agency

安房直子经典童话
黄昏海的故事
［日］安房直子　著
彭　懿　译

俞　理　封面图
孔红梅　插　图

责任编辑　叶　蔚　　美术编辑　施喆菁
责任校对　陶立新　　技术编辑　许　辉

出版发行　上海少年儿童出版社有限公司
地址　上海市闵行区号景路 159 弄 B 座 5-6 层　邮编 201101
印刷　天津市豪迈印务有限公司
开本 710×960　1/16　印张 10　字数 94 千字
2024 年 9 月第 1 版　2024 年 9 月第 1 次印刷
ISBN 978-7-5589-2023-3 / I.5265
定价 35.00 元

版权所有　侵权必究